- 1 -

رواية

# باركنسون

## - إعدام بدون حكم -

### نورهان جمعة

اسـم الكتـاب : باركنسـون

المؤلـف : نورهـان جمعـة

نـوع العمـل : روايـة

تصميـم الغـلاف : صبـا راضـي

إخـراج الكتـاب : أسامـة أحمـد خوجلـي

الطبعـة الأولـى : 2025/2024

رقـم الإيـداع : 2024/5738

الترقيـم الدولـي : 6-09-8747-977-978

النـاشـر : المصرية السودانية الإماراتية

Facebook : الدار المصرية السودانية الإماراتية

Email : mahaelmukdad@gmail.com

TEL : 00 20 128 9024 05

رواية
باركنسون
- إعدام بدون حكم -
نورهان جمعة

## - الإهداء -

لكُلِ شخصٍ آمن بي ودعمني، لعائلتي، لأمـي العزيزة، وملجأي الأول، وحبيبة قلبي الأولى

لأبـي العزيز، داعمي الأول، مصدر أمني وأمـاني

لأخواني، "زياد"،" أنس" الذين تشاجرتُ معهم مراتٍ عدةً وتصالحنا أمامها ألفًا، لا أهون عليهم البتة، أحبكم

لكل شخصٍ ذا صلةٍ أو قرابةٍ بي

لكلِ شخصيةٍ بهذا العمل، لكُل شيءٍ معنويّ اكتسبته من هذا العمل

لكل شخصية أحببتها وتقمصتها لأقوم بتأديةِ دورها على أكمل وجهٍ مُمكنٍ مُحَاوِلةً تفادي أي خطأٍ قد يصدر مني لمحاولة وصف ما يمرون به، لكل شخصيةٍ تصالحتُ معها مرةً وخاصمتها ألفًا؛

لأحاول روي ما يحدث معها بدقةٍ

لكل شخصٍ حُكِم عليه بالإعدام بدون حُكم، بدون أدنى وجه حق


لكل شخصٍ يظن أن الحياة قد توقفت لديه ويظن أن ما من مخرجٍ له ناسيًا قوله تعالى " إنَّ مَعَ الْعُسْرِ يُسْرًا"

لكل من وجد أملًا لحياته، ولكل من لا يزالُ موصدٌ لجميع أبواب قلبهِ ليجدها

أهدي هذا أيضًا العمل لأبطالي وأبطال هذا العالم
مَرضى الباركنسون  "شلل الرعاش"

شُكرًا من كل ثنايا قلبي
شكرًا للدعم الذي تلقيته وجعلني أُثابر وأُكمل وأُتمَّ هذا العمل دون
تعاطف مني لا يضر ولا ينفع ولا يشفع
شُكرًا لكل موقف جعلني أشعر بالألم، والنُضج، والتَعثُّر، والتَعلُّم
شكرًا لكل شيءٍ اكتسبته من خلال بحثي في هذا العمل
سائلةً المولى أن ينال إعجاب الجميع

## تنويه ..

هناك الكثير من مرضى الباركنسون في الواقع
وبالطبع بعض الأحداث والمواقف من تأليف الكاتبة

أتمنى أن تنال إعجاب الجميع

# -المقدمة-

نظر لها "جواد" بخزيٍ ثم أردف بحكمةٍ، ولينٍ، دون أن يكسر بخاطرها، مُحاولًا توضيح كلامِهِ، ومعتقداتِه الصحيحة، التي حظىٰ هو بها من نشأتِهِ بمنزلٍ سويٍّ"

_حساباتي وحساباتك مش مُتشابهين خالص يا "هاجر" إنتِ بتدوري علىٰ شريك حياة علشان تثبتي للناس إنك ناجحة وهكذا، عايزة تثبتي إننا بنحب بعض، وإننا عايشين في ثبات ونبات وبس؛ لكن حضرتك نسيتي حاجةً مهمة، وهي يعني إيه جواز من أصله؟؟

من وجهة نظرة أنا كـ "جواد"، شايف إن الجواز ما هو إلا سند، عقل بيكمل عقل، فِكر بيكمل فِكر، هو مش مشروع إستثماري؛ علشان أغيظ بيه حد، أو أثبتلهم إن جوازتي أحسن منهم، معنىٰ الجواز هو الألفة، والمودة، والرحمة، قلوب بتكمل بعضها، قلوب بتساند بعضها، كتف موجود علشان أرمي عليه تعبي، ووجعي، وإرهاقي، وحمولة تعبي من الدنيا، معناه إن أنا وإنتِ نكون مُتفاهمين، واعين، وناضجين، عارفين إزاي نتكلم مع بعض، يوم ما يحصل بينا مُشكلة؛ نعرف إزاي نحلها بعقل، وهدوء، معناه

كمان إن أنا أكون حابب رجوعي للبيت علشان هشوف "ونسي"، حابب أرجع علشان عارف إن دا "ملجأي"، حابب أرجع علشان أشوف الإنسانة اللي بحبها، وإتخلقت من ضلعي، حابب أرجع علشان أحكيلها تفاصيل يومي، وأسمع تفاصيل يومها، أسمع مُشكلة هي مش في بالها أصلًا، بس من ساعة ما دخلت من الباب وهي حكيتها ليا مليون مرة، لدرجة إني حفظتها، بس كل مرة بسمعها وكأنها أول مرة، ونفضل نقول هنعمل إيه؟!، ونتشارك الحلول، لحد ما نوصل لحل مُرضي للطرفين، ربنا خلق الست من ضلع الراجل يعني من جمب قلبه، يعني المفروض يكون في ما بينا ود، ومحبة، ورحمة

الجواز ما هو إلا أُنس، إني ألاقي أنيسي، وإننا نكون مُتافهمين، قلب مربوط بقلب، إيد بتطبطب على إيد، إيد بتداوي جُروح الطرف التاني، وتلاحظ الجرح كمان من غير ما الطرف التاني يقول، في بين أرواحنا تلاقي، بنحس ببعض من غير ما نتكلم، فاهمين بعض من نظرة، من حركة، مش شرط إننا نتكلم، روح بتعيني وبتساعدني، وأنا أعينها وأساعدها، وأشيلها في عيوني كمان، صوت بتطمن لما بسمعه، نفس بيطمني بجد، حد أنا فاهمه أكتر من نفسه، وهو فاهمني أكتر من نفسي، شخص عمري ما هكون مكسوف وأنا بكشف تعبي النفسي، وعيوبي، ووجعي قدامه، شخص

عارف إنه عمره ما هيفهمني غلط، إنسانة هي أنا، وأنا هي، جسدين آه، بس القلب واحد
فاهماني!
إنما جواز الإستثمار وإنك تتجوزيني علشان تثبتي للناس سعادتنا وهكذا فـ كل دا ما هي إلا إدعاءات كدابة ملهاش أي لازمة، وبكرة تعرفي معنىٰ كلامي دا كويس

"صمتَ لبرهةٍ، ثم ألقى نظرةً أخيرةً عليها، قبل أن يُكمل حديثه وهو يهمُّ للقيام"

أتمنىٰ ربنا يكتبلك الخير، بس مع شريك حياة غيري

"ثم قام بخلعِ الخاتم الذي يتوسط بُنصُرهُ الأيمن، بدأت رعشة يداه بالظهور مجدَّدا ولكن لم يكترث وهمَّ بخلع الخاتم بقوةٍ، ووضعهُ أمامها علىٰ الطاولة وأكمل حديثه"

_ربنا يكرمك باللي يسعدك، ويملىٰ حياتك فرحة، فرصة سعيدة جدًا إني إتعرفت عليكِ، ربنا يكتبلك الخير، وأتمنىٰ تفكري تاني وتعيدي حساباتك، لأن هيترتب عليها حاجات كتير أوي في حياتك فيما بعد، فرصة سعيدة كمان مرة، وأتمنالك التوفيق والخير دايمًا يارب .

# الفصل الأول

# "يُقال بأني عريس!"

"إن كانت الحياةُ تقومُ بترتيب صدفٍ، فما أطيب صدفتي بلُقياكِ هذا ما ظننتُه إلىٰ أن أدركتُ كم كُنتُ أبله، وأدركتُ ألم الصفعةِ التي تلقيتها، ظننتُ أني مُشردٌ، ظننتُ أن لا ملجأ لي سوىٰ ببلادٍ حدودُها هي يداكِ التي كنتُ أظنُ أنها ستُفتحُ لي، وستحاوطني ذراعيها وتحتويني في عناقٍ؛ ولكن من هم مثلي كُتب عليهم المُعاناةُ، كُتب عليهم الفُراقُ، كُتب عليهم آلم الإشتياق، بقدرٍ مجهولٍ، ونصيبٍ غير معلومٍ، كُتب علىٰ قلبي الإحتراقُ كـ إحتراق الشمس والنجومِ، كُتب علىٰ قلبي الفراقُ، كُتب علىٰ قلبيَ الإنداثرُ باللون الأسود الداكن، محرومٌ من كُل ألوانِ الحبِّ ولذاته، كُتب عليه السقوط وهو يُصارعُ كل الهموم، كُتب عليه الغرقُ دون وجود أيَّ دُستورٍ"

"إنه يومُ الأربعاء، وها هي الساعة تدق السادسةَ مساءً، ولأننا في فصل الشتاء، كانت الشمس توشك علىٰ رحيلها حيث أضحت تتخذ من لونها البرتقاليُّ مُتخذًا، كان "جواد" يَقفُ أمام مِرآته، يُهندمُ حِلته، ويُصفف خُصلات شعره الكثيفة ويُحاول جاهدًا أن يعقد ربطةً عُنقِه؛ ولكن من فرطِ توتره، وتحمسه لم يستطع البتةَ أن يَعقدها، إلىٰ أن دلفت شقيقتُه التوأم وهي تهمُّ بالنداء عليه"

_جرى إيه يا عريس الـ...

"لينتبه هو لها، ولصموتها المُفاجيءِ بالنسبةِ له، ليرها تصوّب عينيها،وكلما تركيزها عليه؛ ليقطع هو شرودها وهو يُحرك يده أمام عينيها"

_إيه يا بنتي!

_كُنت جاية أستعجلك بس بجد إيه الحلاوة دي، ما شاء الله حقيقي اللهم بارك

_شكلي حلو!

_زي القمر وأحلىٰ منه كمان يا حبيب قلبي، بجد ماشوفتش عريس بالحلاوة دي

"كان يرتدي جِلته التي كانت عبارةً عن قميصٍ باللون الأسودِ، وبنطالٌ من نفس اللونِ الخاص بالقميص، ويرتدي سُترةً باللون البيج الفاتح، لم يَكُن يحتاج أيّ شيءٍ أخرٍ ليبدو وسيمًا، فلقد كانت ملامحُ هادئةً جدًا ولكنها مُريحة للغاية"

_مش عارف أظبط البتاعة دي يا "جُود" خالص، وموتراني، وخنقتني وبجد بفكر أغير هدومي وأنام

"خافت هي كثيرًا مما تفوه بهِ أخيها الأكبر، فهو يسبقها بثلاثِ دقائقٍ، خافت لأنه من الممكن أن يفعلها ويغير ملابسه، ولا يذهب"

_نعم بعد دا كله؟! تعالى أظبطهالك

"وبعد أن قامت "جُود" بعقد ربطةِ عُنقِ أخيها، أردفت"

_يلا علشان إتأخرنا

_يلا

"ليقطع خروجهما صوتها وهي تقول"

_جـواد! إستنىٰ كدا

"لتقوم بفك ربطةِ عُنقهِ وتقوم بفتح الزر الأولِ"

_كدا أحلىٰ إيه رأيك؟!

_تصدقي فعلًا كدا أحلىٰ، غير كمان هي كانت خنقاني وموتراني جامد بصراحة ، ربنا يديمك ليا.

"ثم قام بإمساكٍ زجاجة العطر؛ وقام بنثر العطر علىٰ ملابسهِ ثم قام بنثرهِ في الأماكن الصحيحة لوضع العِطر وهي أماكن النبض لتردف "جُود" "

_قمر بجد

_بقولِك بقيت عريس

_طب يلا

"قام هو بحمل باقةِ الزهور، لتبدأ رعشةُ يداه التي بدأت بالظهور مؤخرًا ولكنه لم يُعيرها أي إهتمام، كان يظن أنها من فرط تحمُسِهِ وتوتُرهِ ليس إلّا! "

_كل التوتر دا وهي جوازة صالونات، أومال لو عن حُب كان حصل إيه؟!

وبعد نصفِ ساعةٍ من القيادةِ وصل "جواد" بـ أسرتِهِ إلىٰ بيتِ من سيتقدم لِـ خطبتها

ليصل بهم إلىٰ منطقةٍ ميسورة الـحال، تُشبهُ كثيرًا منطقته، حيثُ الإثنان بهما من المباني ما هو شاهقٌ للعلوِّ، ومنهما من هو منخفض نسبيًّا، منها ما هو علىٰ الطراز الحديثِ، ومنها ما هو علىٰ الطراز الكلاسيكي القديم والمُحبب لقلوب الجميع، منطقةٌ عشوائية الأنماط، والتراث، والأزمنة، للوهلةِ الأولىٰ تظن أنك داخل لوحةٍ فنيةٍ تجمع بين الماضي القديم بأصالتِهِ وعراقتِهِ، والحاضر بتراثِهِ وأناقتِهِ وعصريتِهِ، وفي أحد البنايات المرتفعة، وخصيصًا بالطابق السادس، كانت "هاجر" تتجهزُ لتُقابل من تقدم لخطبتها، إلىٰ أن قُطع تجهيزها بواسطة أُختها وهي تُعلمها بأنه قد وصل للتو وهو أسفل منزلهم الآن"

_هاجر، "جواد" وصل حبيت أقولك

_تمام

"لتخرج أختها وتُردف "هاجر" بما اتحل قلبها، ولكنها لا تدرك ما تتفوه به، كفتياتِ هذا العصر أجمع، كل ما تُريده هو الوقوع بالحُب! ولا واحدةٌ منهم تُدرك معنىٰ الحب، ولا معنىٰ الوقوع بهِ حتىٰ ولكنها فقط تريد أن تكون كالأخريات وحسب، دون إدراك عواقب الوقوع دون وجودِ رابطٍ شرعيٍّ ذا ميثاقٍ غليظ"


_ وأخرتها يا "هاجر" هي بقت صالونات!!
هتسيبي حلمك وإنك تتجوزي عن حُب، وأخرتها هتتجوزي صالونات!


"قاطع حديثها سمعها لصوتٍ باب المنزل يُفتح، وسمعُها أيضًا لأصوات الترحيب والتعبير عن مدىٰ فرحة الجميعِ، وبعد مدةٍ جائت والدتها لتُعلمها بأنه يجب أن تخرج لتُقابله"


_يلا يا "هاجر" تعالي


_حاضر يا ماما

_بصراحة يابنتي يابختك بيه بجد، اللهم بارك قمة الأدب والأخلاق مش ممكن، متربي، وابن ناس، وعسول، وابن حلال، وبصراحة كدا أنا حبيته

"لتردف "هاجر" بنذقٍ"
_حبيته!

_إخرجي يا "هاجر" يابنتي ربنا يهديكِ ويصلح حالك

"لتدلف "هاجر" للغرفة، ولن تُنكر أنها بعد تعرفها عليه أعجبت بطريقةِ تفكيرهِ، صوته، وحديثُه، أعجبت به، هي لن تُنكر وعندما بدأت تتفحص هيئته؛ أعجبت أكثر، كانت تبحث عن أي شيء يعيبُه ولكنها علمت، بل وأدركت أنها أمام شخصٍ عيبُه الوحيد أن جماله القُدسيُّ لا يُعابُ! وبعد مدةٍ خرج الجميع؛ ليتركوا العريسين علىٰ راحتهما، ولكي تتم الرؤية الشرعية، ولكي يتعرفا على بعضهما البعض"
"وحينما لاح الصمتُ، ومرَّ وقتٌ طويلٌ ولازال الصمت يسود اللحظة، حاول" جواد" هو البدء بالحديث لعله يُبدأ! "
_مساء الخير

_مساء النور


"بدأ "جواد" بالتعريف عن نفسه قائلًا"
_أنا جواد محمد الأيوبي، معروف أو عمومًا يعني الكل بيقولي جواد أيوبي، أو أيوبي علىٰ طول!
متخرج من تلات سنين، مهندس ديكور، ولأني بحب تعدد المجالات وكدا فـ أنا شغال "Photographer" "مصور فوتوغرافي" برضو، وعندي شركة الأيوبي، الشركة خاصة بمجالي الدراسي وهكذا، يعني للديكور وهكذا، مش هعرف أشرحلك نظام الشغل أوي، الشركة طبعًا فتحتها بمجهودي خلال التلات سنين دول، والحمدلله دائمًا وأبدًا، دايمًا بتكون بفضل وكرم ربنا عليا مش بمجهودي أبدًا، ومليش أي علاقة بشغل والدي، معنديش إخوات غير "جُود"، وأهلي أديكي شوفتيهم .


"أردفت "هاجر" بإنبهارٍ حقيقيٍّ"

_اللهم بارك حقيقي.

"ثم أكملت وهي تُعرف نفسها له"

أنا هاجر مصطفى، 24 سنة، متخرجة من سنتين، خريجة إعلام، وإشتغلت برضو بعيد عن مجال دراستي، وإشتغلت رسامة، برسم بالفحم وهكذا، يعني برسم مناظر طبيعية، حيوانات، وأشكال هندسية وهكذا بما إني اكتشفت مؤخرًا إن رسم الأشخاص حرام، كنت شاطرة جدًا في رسم الأشخاص وكنت موهوبة جدًا، بس لما عرفت إنه حرام فمن ترك شيئًا لله عوضه الله خيرًا منه فتمام يعني، من صُغري بحب الرسم، وحبيت إني أشتغل فيه وهكذا وحقيقي مبسوطة بإني أخدت قرار زي دا، وأنا برضو معنديش غير أختي الصغيرة ووالدتي ووالدي"


"وإنتهت الأمسية، وإنتهىٰ التعارف بين الإثنان، وإنتهت تلك الرؤية اللطيفة بأنهم سيقومون بإعلام الجميع موافقتهم أم عدمها خلال يومين ليس إلا"


_وبعدين إيه دا، لأ، مُستحيل يكون في واحد كدا، الواد اللهم بارك كامل مُتكامل، عريس لُقطة بصحيح بس ولو، ولو، مش هتجوز صالونات أنا، مش هنكر إنه حلو وعسول


"لتعود لوعيها وتنهر نفسها"

_لأ يا "هاجر" لأ، جواز صالونات لأ

"لتردف مرةً أخرىٰ"

واللهِ ما رأيتُ بهِ عيبًا، ولو رأيتُ فـ أكيد العيب في عيني، دي مفيهاش كلام أكيد يعني.

"لينتهي اليوم، وينتهي معه تعبهم، وإرهاقهم، ينتهي اليوم بمثابةِ غلق الجميعِ لأعينهم، وتدثرهم بالغطاء الذي يُدَفّء أجسادهم، ما عدا كلاهما، كلاهما يُفكر بالأخر، ولكن بمضمونٍ أخرٍ، فهي تُفكر بكيف تتخلصُ منهُ؟! وكيف تُبدي إعتراضها، وتُعلن رفضها؟! وهو يُفكرُ بـ مستقبلهِ معها، ويُفكر كيف سيُبدي برأيه، ويُعلن موافقته؟!
لتَعصف بهما أدمغتُهُما، ويفتك الألمُ برأسيهما، إلىٰ أنا ناما بِثُباتٍ عميقٍ"

# الفصل الثاني

## "ياليته لم يُقال بأني أصبحت عريس"

مازلتُ أُردد؛ لا بأس لا بأس لا بأس وكُل البأس بقلبي
ولكني على يقينٍ أنّ البأس لا يبقىٰ، وأنّ السعادةَ لا تُفنىٰ
فـ ها أنا مُستعدٌ لكل ما ستأتي به الحياة، سأظل مهما حدثَ أُردُ

"لا بأس، لا بأس، أنا قدها، هتعدي"

واللهِ ما رأيتُ بهِ عيبًا، ولو رأيتُ فـ أكيد العيب في عيني، دي
مفيهاش كلام أكيد.

"لينتهي اليوم، وينتهي معه تعبهم، وإرهاقهم، ينتهي اليوم بمثابةِ
غلق الجميعِ لأعينهم، وتدثرهم بالغطاء الذي يُدَّفء أجسادهم، ما
عدا كلاهما، كلاهما يُفكر بالآخر، ولكن بمضمونٍ آخرٍ، فهي تُفكر
بكيف تتخلصُ منهُ؟! وكيف تُبدي إعتراضها، وتُعلن رفضها؟!
وهو يُفكرُ بـ مستقبلهِ معها، ويُفكر كيف سيُبدي برأيه، ويُعلن
موافقته؟!
لتَعصف بهما أدمغتُهُما، ويفتك الألمُ برأسيهما، إلى أن ناما بِثُباتٍ
عميقٍ"

"وبعد مرور اليومين"

_مش عارف، أنا مرتاح بس في حاجة جوايا بتقولي لأ، بس مش عارف يا "جُود".

"لتردف "جُود" " بغباءٍ علىٰ غير عادتها"

_أيوة يعني موافق ولا لأ برضو؟!
على فكرة، هي عاوزة تشوفك عريس وتفرح بيك

"ولأنه يعلم أن الجميع أحبَّ "هاجر" وبالأخص والدته؛ إضطر للموافقة"

_يعني موافق يا "جُود"

"لتنظرَ له" جُود" بسعادةٍ بالغةٍ باتت واضحةً على ثغرها، وتفننت باحتلالِه: "
_مُبارك يا حبيبي وربنا يتمم علىٰ خير يارب.

"في منزل "هاجر" كانت الأمسية لطيفة بحضور كل أفراد الأسرة، وإلتفافهم حول بعضهم في وضعٍ كلٍ منهما يُعانق الآخر تحت دفء الغطاء الذي يلتحفون بهِ، قاطعت تلك الضحكات قول "هاجر" وهي تُعلن وتُبدي بـ رأيها"

_أنا موافقة

"لينظر لها الجميع ببلاهة"

_متبصوليش كدا، أعملكوا إيه؟!
دا "Photographer"

_ موافقة؟!

_أيوة والله موافقة

"لم يقُم أيُّ أحدٍ بمعارضة رأيها، فـ الجميع قد أحبّ "جواد" بشدة، وكانوا شديدي السعادةِ بإبداء "هاجر" رأيها بالموافقة، دثّر الجميع "هاجر" بالمُباركات والقُبلات تعبيرًا عن فرحتهم بها"

"في منزل "جواد" "

"لم يختلف الأمر كثيرًا، فلقد كان الجميع يُبارك له أيضًا، فـ لقد أبدى رأيه بالموافقة أيضًا،
لاحظت "جُود" وهي تُبارك لأخيها رعشة يداه، كانت تظنها من التوتر أو ما شابه، وهو أيضًا كان يظن ذلك، لم يبدِ الإثنان أيّ ردة فعل تجاه تلك الرعشة، بل قاما بالتعليل لها أنها من الممكن بسبب التوتر ليس إلا"

"بعد مرور إسبوعين"

"وها هو شروق الشمس، تتخذ الشمس من لونها البرتقاليُّ الهاديءُ المريحُ للعينِ مُتخذًا لها، شروقٌ هاديءٌ، مُريح للنفس والعين، توقيتُ يبعثُ بداخلك النشاط والحيوية والسعادة وأهمُ شعورٍ هو الراحة، تُشرق الشمس لتُعلن لعائلة "الأيوبي" عن صباح البهجة والفرح، صباحٌ سيُدخل السعادة على قلوبهم
فـ اليوم يومُ خُطبةِ "جواد" و"هاجر"
يومٌ مليءٌ بالترتيبات والعمل الجاد، العمل بالمنزلين سيكون على قدمٍ وساقٍ، الجميع يعمل بجدٍ وبسعادةٍ، البسمة تُدثّرُ ثِغرَ الجميع، بدأ اليوم حينما حدثهم "جواد" بسعادة وبصوتٍ عالي نسبيًا"

_ أحلى صباح دا ولا إيه؟!! صباح الخير على أحلى عيلة في الدنيا، اليوم حلو أوي النهاردة كدا ليه؟!

"نظر له الجميعُ بمكرٍ ثم أردفت أخته "جُود" ووالدتهما"

_ اليوم حلو علشان "جواد" الغالي هيُخطب، وهيكون أحلى عريس في الدنيا

" وبعد مدةٍ تُقاربُ الثلاث ساعاتٍ إنتهت التجهيزات وكانت الساعة تُقاربُ الثانية ظُهرًا، بدأ الجميع بالإستعداد من أجل تلك المناسبة السارة، وبعد ما يُقارب الثلاثَ ساعاتٍ أيضًا كانت الساعةُ تكاد تكون الخامسةَ إرتدى الجميعُ ملابسه حيثُ إرتدى "جواد" حِلّةً سوداء وقميص من أسفلها باللون الأسودِ أيضًا، كانت ملابسهُ هادئةً إلا أنه كان ما يميزه هو هدوء وصفو ملامِحِهِ، وعدم تكبره، وسامته هادئة، مُحببة، كُلُ من يُقابلهُ يُحبه ويُثني على أخلاقه، وعلى حُسن تعامُلِهِ مع الجميع، وعلى عادتِهِ الباسمةِ، وبعد ما يُقارب الساعتين كان الجميع بـ منزل العروس"

"إنتهت الأمسية وإنتهت الخُطبة بسلامٍ، وعاد الجميع لـ دُورهم ومن كثرةِ الإرهاق الذي حلّ بهم؛ نام الجميع دون الشعور بأيّ شيءٍ"

"مرّ أولُ شهرٍ بالخطبةِ وبدأت تصرفاتُ "هاجر" بالتغيُّر، طباعها تبدلت لما لا يشتهيه قلبه، وبدأ الجميع في ملاحظةِ ذلك، حاول معها "جواد" كثيرًا ولكن دون جدوى، يُحاول مرارًا فهم ما حدث لها ولكن دون جدوى، إلى أن فهم أنها قد خُطبت له لأجل مستقبلِه، ومكانتهِ، لم توافق على الخِطبة لأجلهِ هو بل لأجل أموالهِ، وأن تحاول الإثبات للجميع بأنها على علاقةٍ ناجحةٍ؛ لذا قرر فسخ تلك "الخِطبة" أو ما يُطلق عليها بـ"وعد الزيجة" إستدعى "جواد" "هاجر" في مقهى إعتادا الذهاب إليه، والمرور به منذُ خِطبتهما، إنتظر "جواد" مجيء "هاجر" وبالفعل قد أتت، إنتظر جلوسها ثم قال:


_هو فعلًا إتخطبتي ليا بس علشان تظهري للناس إنك ناجحة؟
وإنك متجوزة واحد علشان بس يكون اسمك متجوزة واحد عنده شركة وفلوس وشغال كويس
دا بجد ولا أنا اللي فاهم غلط ولا إيه؟!


"ظل ينظر لها ولملامحها، أراد أن تصرخ به وتقول له كيف يقول لها ذلك ولكنها ضربت بظنونه وبمُراده، وأمله بأن تُكذبه وتنهره

بأنَّى له أن يظن بها هذا الظن أمسكت كل آمالِهِ وصفعتها بعرض الحائط حينما لم تُجبه؛ نظر لها "جواد" بخزيٍ ثم أردف بحكمةٍ، ولينٍ، دون أن يكسر بخاطرها، مُحاولًا توضيح كلامِهِ، ومعتقداتِه الصحيحة، التي حظىٰ هو بها من نشأتِهِ بمنزلٍ سويٍّ"

ـحساباتي وحساباتك مش مُتشابهين خالص يا "هاجر"
إنتِ بتدوري على شريك حياة علشان تثبتي للناس إنك ناجحة وهكذا، عايزة تثبتي إننا بنحب بعض، وإننا عايشين في تبات ونبات وبس، لكن حضرتك نسيتي حاجة مهمة، وهي يعني إيه جواز من أصله؟؟

من وجهة نظرة أنا كـ "جواد"، شايف إن الجواز ما هو إلا سند، عقل بيكمل عقل، فِكر بيكمل فِكر، هو مش مشروع إستثماري؛ علشان أغيظ بيه حد، أو أثبتلهم إن جوازتي أحسن منهم، معنى الجواز هو الألفة، والمودة، والرحمة، قلوب بتكمل بعضها، قلوب بتساند بعضها، كتف موجود علشان أرمي عليه تعبي، ووجعي، وإرهاقي، وحمولة تعبي من الدنيا، معناه إن أنا وإنتِ نكون مُتفاهمين، واعين، وناضجين، عارفين إزاي نتكلم مع بعض، يوم ما يحصل بينا مُشكلة؛ نعرف إزاي نحلها بعقل، وهدوء، معناه كمان إن أنا أكون حابب رجوعي للبيت علشان هشوف "ونسي"،

حابب أرجع علشان عارف إن دا "ملجأي"، حابب أرجع علشان أشوف الإنسانة اللي بحبها، وإتخلقت من ضلعي، حابب أرجع علشان أحكيلها تفاصيل يومي، وأسمع تفاصيل يومها، أسمع مُشكلة هي مش في بالها أصلًا، بس من ساعة ما دخلت من الباب وهي حكيتها ليا مليون مرة، لدرجة إني حفظتها، بس كل مرة بسمعها وكأنها أول مرة، ونفضل نقول هنعمل إيه؟!، ونتشارك الحلول، لحد ما نوصل لحل مُرضي للطرفين، ربنا خلق الست من ضلع الراجل يعني من جمب قلبه، يعني المفروض يكون في ما بينا ود، ومحبة، ورحمة


الجواز ما هو إلا أُنس، إني ألاقي أنيسي، وإننا نكون مُتافهمين، قلب مربوط بقلب، إيد بتطبطب على إيد، إيد بتداوي جُروح الطرف التاني، وتلاحظ الجرح كمان من غير ما الطرف التاني يقول، في بين أرواحنا تلاقي، بنحس ببعض من غير ما نتكلم، فاهمين بعض من نظرة، من حركة، مش شرط إننا نتكلم، روح بتعيني وبتساعدني، وأنا أعينها وأساعدها، وأشيلها في عيوني كمان، صوت بتطمن لما بسمعه، نفس بيطمني بجد، حد أنا فاهمه أكتر من نفسه، وهو فاهمني أكتر من نفسي، شخص عمري ما هكون مكسوف وأنا بكشف تعبي النفسي، وعيوبي، ووجعي قدامه، شخص

عارف إنه عمره ما هيفهمني غلط، إنسانة هي أنا، وأنا هي، جسدين آه، بس القلب واحد
فاهماني!

إنما جواز الإستثمار وإنك تتجوزيني علشان تثبتي للناس سعادتنا وهكذا فـ كل دا ما هو إلا إدعاءات كدابة ملهاش أي لازمة وبكرة تعرفي معنىٰ كلامي دا كويس
"صمتَ لبرهةٍ ثم ألقى نظرةً أخيرةً عليها قبل أن يُكمل حديثه وهو يهمُّ للقيام"

أتمنىٰ ربنا يكتبلك الخير، بس مع شريك حياة غيري

"ثم قام بخلعِ الخاتم الذي يتوسط بُنصُرهُ الأيمن، بدأت رعشة يداه بالظهور مجدَّدا ولكن لم يكترث وهمَّ بخلع الخاتم بقوةٍ، ووضعهُ أمامها علىٰ الطاولة وأكمل حديثه"

_ربنا يكرمك باللي يسعدك، ويملىٰ حياتك فرحة، فرصة سعيدة جدًا إني إتعرفت عليكِ، ربنا يكتبلك الخير، وأتمنىٰ تفكري تاني وتعيدي حساباتك، لأن هيترتب عليها حاجات كتير أوي في حياتك فيما بعد، فرصة سعيدة كمان مرة، وأتمنالك التوفيق والخير دايمًا يارب.

"همَّ "جواد" بالذهاب ولم ينظر خلفه أبدًا، لم يرد الذهاب لمنزله. بالرغم من أن الخطبة لم تكن ذات مدى طويل أو ذات وقتٍ طويل ولكنها تركت أثرًا ليس بلطيفٍ بقلب "جواد" كانت قد توقفت رعشة يداه عن الظهور ولكنها قد عادت مرة أخرى، قام بتفسير ذلك على أنه يشعر بالحزن الآن؛ فلربما تلك الرعشة بسبب ذلك.....

# الفصل الثالث

## "وجدتُ ذاتي"


أصبحتُ مفتقدًا لرفاهية الإنهيار، بتُّ خليلًا لإختيار المسار ليس إلا،
كل الطرقِ تفرضُ عليّ الإختيار، ولكني لا أريدُ سوىٰ الفِرار
لم يعد لي ديار ولم يعد لي رفاق
بإختصارٍ لم يعد لي أخلّة أو حتىٰ أحبَّة!..


فلربما تلك الرعشة بسبب ذلك.....


"أراد "جواد" إنهاء الجدال والحديث مع أسرته حول فسخ تلك
"الخِطبة" لذا أردف بحكمة كـ عادتهِ"


_الشخص الغالي أو الشخص اللي حبيناه مينفعش يفضل غالي، أو
نفضل بنحبه؛ طول ما تصرفاته مش عجبانا أو مش مطابقة لأخلاقنا
وتربيتنا، ونفس الشخص دا برضو قادر إنه يغير مشاعرنا تجاهه
ويتحوّل من شخص غالي ومهم جدًا في حياتنا لشخص عادي جدًا
في حياتنا وملهوش أي مكان في قلوبنا، الفكرة كلها في المعاملة،
والعِشرة، على قدر حب الشخص دة لينا
إحنا مش عايزين نتحب لانجازاتنا، أو لشطارتنا

إحنا محتاجين نتحب علشانا إحنا، علشان أنا أنا، مش علشان فلوسي أو شكلي أو الحاجات بتاعت تفكير الأطفال دي، وآه أطفال لأن التفكير دة لا يمكن يكون تفكير شخص ناضج ومُدرك للحياة ومتطلبات الحياة السعيدة السوّية.

عدم التقدير وحُب الذات اللي يخلي الشخص دا يتكبر على غيري علشان أخدني أو كسبني أو إنه يتغر، قادر يمحي كل الحُب دا في ثانية، أصل أنا أو أي حد عمومًا مش لعبة
إحنا مشاعر وقلوب برضو والله، عدم التقدير وكل دة قادر يمحي كل التقدير اللي بينا وبين الشخص دا في ثانية، ببساطة كل شخص فينا قادر يحدد مكانته بنفسه، أو هو عاوز الناس تشوفه إزاي أو مكانته عندي أنا شخصيًا،
ودي حقيقة أنا إكتشفتها مؤخرًا، هي إنسانة كويسة وتستاهل كل خير، أتمنالها التفوق والنجاح والفرح وكل حاجة خير ليها بس مش في مكان يجمعنا سوىٰ، أتمنىٰ ليها تاكل وتشرب بس مش معانا علىٰ ترابيزة واحدة تجمعنا، بتمنىٰ ليها الخير بس بعيد عني

"لتردف والدته بنبرة يشوبُها ويُقارئُها الحزنُ"

_يعني كدا خلاص صح يا "جواد"

_أيوة يا أمي خلاص

"لتردف "جُود" بحكمةٍ كـ حكمةِ أخيها، أردفت لتهوّن قليلًا عن ما يفتك بقلب أخيها فتكًا، أردفت لعل ما ستقوله يزيح ويزيل بعض الحُزن من قلبه"

_متزعلش، لعله خير والله وثم إن دا موقف علشان نتعلم منه شيء وأي غلطة غلطتها في حياتك عادي، كلنا بنغلط في اختيارتنا عادي، وهي مكنتش خير ليك، ومش نصيبك، علشان كل شيء بيكون قسمة ونصيب، وأي شخص غلط دخلته حياتك، أي مشاعر غلط حسيتها ومكنش ينفع تتحس، كل دا طبيعي في رحلة الحياة الفانية، أغلط عادي
وازعل عادي واقفل علىٰ نفسك عادي برضو، أنت مش إنسان آلي أنت بشر، بتزعل، وبتفرح وكل حاجة، انت إنسان عارف يعني إيه إنسان!
يعني عندك مشاعر، إنت مش ملاك، إنت إنسان عادي بتحب، وبتكره، بتتعب، وبتفرح، بتزعل، وبتغضب، وممكن من غير قصد تكسر قلوب، وتجبر قلوب تانية، فاهمني!، بتغير، وبتنفسن، إحنا بشر عادي

وممكن كمان إنك تتوجع. عادي، إعترف وقول، قول أنا زعلان، قول أنا متضايق بس ما تكتمش جواك، محدش فينا يا "جواد" بيرتاح لما بيكتم جواه

الزعل بيقل لما نشاركه، الجِمل بيقل لما يشيله إتنين

"ليردف "جواد" وهو لا يعلم ماهية مشاعره"

_يا جماعة إنتوا مكبرين الموضوع ليه، كل شيء قسمة ونصيب عادي، إيش حال إنها خطوبة لمدة شهر وكمان صالونات؟!
"لتردف "جُود" وهي تعلم ما يجول بخافق أخيها من آلمٍ محاولةً التهوين عليه والوقوف بجواره ومآزرته لأنها تسير علىٰ قوله تعالى _سَنَشُدُّ عَضُدَكَ بِأَخِيكَ _ فلهذا وجد رابط الأخوة فهو قوة وقت الضعف، سندٌ وقت تراخي العزم على الرشد، سكينةٌ وقت حروب النفس، راحةٌ وملاذٌ وقت إرهاق الدنيا ومآسيها، ملجأ ومسكن، سند وأمان، حب غير مشروط، تُدرك هي حق درايةٍ أنه فليرحل من يرحل ولكن هو دومًا سيبقىٰ"

_لأن انت أكيد زعلان؟ أكيد اتعودت عليها خلال الشهر دا

_مش عارف والله، بس مبقاش مهم يعني، عن إذنكم بقىٰ علشان كدا هتأخر عن الشغل .

"بعد أربعةِ أشهر ، كانت قد تعافت نفسية "جواد" من أمر خطبته بـ "هاجر"

"كان "جواد" في مكتَبِهِ يتحدثُ في هاتفهِ بخصوص عملهِ حتىٰ قاطع تركيزه دلوفها إلى الغرفة، فتاةٌ في عامها الرابعِ والعشرين، وتقطع تركيزه مرةً أخرىٰ عندما وجهت حديثها إليه"

_حضرتك أستاذ جواد الأيوبي؟

_أيوة أنا، مين حضرتك؟!

_مع حضرتك المهندسة الجديدة "أمل فريد" وهكون موجودة بإذن الله هنا دايمًا كتدريب

_آه، بلغوني بإن حضرتك هتيجي، مكتب حضرتك هناك أهو، إتفضلي وشوية كدا هاجي وأفهم حضرتك نظام الشغل

_تمام جدًا شكرًا لحضرتك

"كان "جواد" يتحدث مع والده ويُعلمه بمجيء مهندسة جديدة ذات خبرة عالية"

_فيه مهندسة جديدة جت وحقيقي شغلها كويس جدًا، بل مُمتاز اللهم بارك

_كويس جدًا وبالتوفيق ليك وليها

"مرّ شهر، إثنان، ثلاثة، أثبتت "أمل" كفائتها في العمل، وحظت علىٰ خبرةٍ كبيرةٍ من العمل مع "جواد"
تألافا الإثنانِ وأصبحا صديقين جيدين، كما أنهما أثبتا براعتهما، وكفائتهما في العمل أيضًا، وقد بدأ كلٌّ منهما يألف الأخر ويُحبهُ، ليمُر بعد الثلاثة أشهر تلك شهران آخرانِ ويُفصح كلًا منهما عن مشاعرهِ، وبعد صبرٍ طويلٍ، جاء من هو كالغيث على سنين وحْدَتِيها العجاف، ها هو قد جاء شخصٌ في لحظة غير متوقعة، كان دخوله هادئًا حنونًا، أصبح ملاذًا لها، وملجأً تستريحُ فيهِ من تعبها يفهمها دون أن تتحدث وهو كذلك، وجاءت هي لتكون من يدرك صمته دون أن يتحدث، تلمح نبرته المتعبة ولا يهون هو عليها، أصبح هو

نصفها، وحظت هي بأن تُصبح نصفه، ليصبح كل من يراهم يقول لهم: هي هو، وهو هي؛ لتنتهي تلك الخمسةُ أشهرٍ بحفلِ زفافٍ، وينتهي الأمرُ وينتهي ذاك الوعد بـ زيجةٍ، وينتهي آلمه بوجودِهِ لذاتِهِ، وعقد قرآنه عليها، هذه اللحظات السريعة، على قدر قُدسيتها وجمالها، فإن الشعور في هذه اللحظات لا يُمكن أن يُوصف

لا يمكن أن تُحدد ماهية الشعور تمامًا، فرحةٌ عظيمةٌ يشوبها بُكاءٌ عريضٌ، استنكارٌ مع تقبلِ اللحظة؛ لحظةُ وصول القلب لما يُحب وَيريدُ بكلمةٍ من الله!

لحظات فاصلة بين الحرام والحلال، بين حياة باردة وحياة دافئة،حنونة، مُحبة، بين سنوات من القلق والاضطراب وسنوات من السكينة والطمأنينة، حياةٌ كان ينقصها شيء واكتملا بوجودهما سويًا.


لحظات تركنُ فيها روحك إلى وطنها الحقيقيّ، فالروحُ للروح سكنٌ وملاذٌ ومستقَرٌ

فالروحُ للروّح تركنُ وتستقر!

وبعد سنوات من الغُربة والظُلمة، تتآلفُ فيها الأرواح، فما الأرواح إلا جنودٌ مجندة، وها هي أرواحهما تتآلف، لحظاتٌ لا يُنسىٰ فيها أول سلام يد، أول قول لفظة "أُحبك"، والوعد الأول!

ولا يحضرهم إلا قول أستاذنا الرافعيّ على لسان الزوجينِ

"كأن في كلينا قلبًا ينتظر قلبًا من زمن بعيد"

وقد أحبت "أمل"    أن تُسعد "جواد"    أكثر فهمّت بكتابةِ مرسالٍ صغيرٍ له لتبدأ المرسال بـ...

اليومُ يومُ زفافنا...

لتسترسل "أمل" كتابتها مُخطةً بأناملها" اليومُ يومُ زفافنا يا عزيزي جمع الله بيني وبينك يا كل الأنسِ، يا من ستصبح زوجًا مشاركًا حنونًا، يا صاحب الهوى ولك الهوى ومنك الهوى قد خلق، جمع الله بيننا في الجنانِ، لقد رضيتُ بك زوجًا ورضيتُ بعينيكِ وطنًا، رضيتُ بك قدرًا وبحبك أمانًا مخلدًا، رضيتُ ببين أضلعك مأوى، ورضيتُ بهما ملجأ، عقدَ الله بين قلبي وقلبك بالود، بسم الله نبدأ حُبًّا عظيمًا، أهلًا بك داخل القلبِ يا صاحب القلبِ بل فتنة القلبِ ونزهة البصر"

"وبعد مرور أسبوعٍ، استيقظ "جواد" من نومهِ ووجد "أمل" نائمة بجوارهِ ليهُمّ هو بالنهوض ليقوم بالوضوء وتأدية صلاة الضحى، وبينما هو يتوضىٰ عادت تلك الرعشة ليداه، لم يعد يقدر علىٰ تحملها، باتت تأتي بكثرة في الآونة الأخيرة، كما أنه لم يعد يقدر علىٰ تعين المسافات جيدًا، كانت يداهُ تخونُهُ في تقدير المسافات في تلك الفترة. لذا قرر هو أنه يجب عليه الذهاب للطبيب في أقربِ وقتٍ ممكنٍ"

# الفصل الرابع

## "باركنسون!"

هكذا هي الحياة، يومٌ لكَ ولقلبك ويومٌ آخرُ عليكَ وعلىٰ قلبكَ، ليس كلُ ما نحبهُ يصير لنا ويصبحُ من نصيبنا

وها هي هزيمتي التي لم أعد أعرفُ عددها، وها هو قلبي يُكسر عين كسرته السابقة، ها هو صوتُ تحطمهِ، وها هو شعور فُقدي وفُقداني، بعضُ الأشياءِ يجبُ التخليُّ عنها، بعضُ الأشياء يجبُ فقدُ النفس لأجلها، وهذا ما أنا سأفعله!، لا أريد التعليل لأفعالي ولا تفسيرها، ولكن هذا هو قلبي وهذا ما يريده، لن أدعها تُقتل أو يُحكمُ عليها دون وجود قضية

أيعقل وجود قضية؟

وأن تكون تلك القضية هي حُبُّها لي!

لن أدعها تنتظرُني لم يَهُن عليَّ بُكاؤها ليلًا لأجل سببٍ تافهٍ كهذا؛ لذا سأفعلها لأجلها هي ليس إلّا...


"ليذهب "جواد" إلىٰ الطبيب وفي نفسه بعضُ من القلقِ لأن تلك الرعشة قد زادت عن حدها، بدأت يداها تثقل حركتها، أطراف أصابعه تُعلن عليه العصيان، لا تتحرك، تظل يداهُ لفترة تزيد عن العشر دقائق، ثم تعود لطبيعتها، ويتكرر الأمرُ أكثر من مرةٍ يوميًّا، وأخيرًا قطعت الممرضة تلك الأفكار التي بدأت تُزاحم رأس

"جواد" وتفتك بدماغِهِ وهي تُعلمه بأن دوره قد حان، دلف "جواد" للطبيب وأعلمه بكل ما حدث، زاد قلق الطبيب فـ كل ما يقصه "جواد" ما هو إلا مؤشراتٌ لـ.... أزاح الطبيب تلك الأفكار عن رأسه وبدأ ببعض الأسئلة الروتينية، وفي نهاية الفحص الطبيّ، أردف "جواد "

_ مش عارف بصراحة إيه السبب، بس الحركة اللاتلقائية دي، أو الوجع دا زاد عن حده، كنت مفكر إنه من التوتر ليس إلا ولكن الأمر زاد بصراحة

"ليردف الطبيب وهو يحاول بث بعض الطمأنينة في قلب "جواد" وإبعاد إحتمال شكِّهِ حيال ذاك المرض الذي من الممكن أن يكون قد أصاب "جواد" عن رأسِهِ"

_متقلقش، خير بإذن الله، هو هنعمل بعض التحاليل علشان نتطمن مش أكتر وإن شاء الله خير

"خرج "جواد" بعدما إتفق مع الطبيب أنه سيعود له بعد خروج نتائج التحليل فورًا، لأجل سرعةِ معالجةِ ذاك المرض، أو معالجةِ وتوقيف تلك الرعشة تمامًا"

"بعد خروج نتيجة التحاليل"

"لم يسطع "جواد" أن لا يفهم ماهية مرضه، لم يسطع الصبر ولو لقليلٍ، ولم يسطع أيضًا الصبر لخروج نتيجة تلك التحاليل اللعينة، لم يعد بإمكانهِ فهم أيّ شيءٍ، كما أنه لا يستطيع تحديد ما يشعر به، كل ما يقدر على قولهِ هو أنه لا يشعر سوى بأنه يقف أمامَ حُلمٍ له، يمد يده ليصل لحُلمهِ، يريد إمساك ذاك الحلم بين كفيه؛ ليتأكد فقط بأنه ليس بـ حلمٍ أو رؤيةٍ أو ما شابه ذلك، يريد التأكد بأن أحلامه ملموسةٌ بين يديه، لِيُصدم هو بفرارها من أمامهِ كـ فرار الفريسة من مفترسها، أو كـ فرار السراب في الضوء، عندما حاول "جواد" الركوض والإمساك بذلك للحُلم، أو بذاك الأمل، فُوجيء بأنه مُكبلُ اليدينِ، مُكبلٌ بأصفادٍ حديديةٍ، فولاذية، تُدعى "الصبرَ" لها مُسمًّا أخر يُدعى "الوقت"

"أخذ الطبيب يُقلب بين تلك الأوراق التي وضعها "جواد" أمامه، تأكد، لقد كانت كُلُ شكوكه اللعينة صحيحة، صائبة، بإختصارٍ ليته لم يشُك فلقد تدمرت حياةُ ومستقبلِ شابٍ، لم يعش شيئًا، لم يرى أي شيءٍ، هنالك بعض النجاحات التي سيحظى بها، هُنالك بعض الإخفاقات التي سيقع بها، هُنالك بعض التجارب التي يريد هو

عيشها، والأهم من كل ذلك أنه كالجميع وكجميع من بذاتِ عامه؛ كان يريد أن يصبح "أبًا!" "

"لِيُردف الطبيب بأسًى وحُزن بليغ"

_اللي عندك هو...

"ليقطع "جواد" حديث الطبيب ويُردف هو بنبرةٍ لا تخلو من الحُزن، بنبرةٍ مخذولةٍ فلقد خذله جسده، ولكن هو لا زال على يقين بالله ولا يردد سوى "لعلهُ خير" كلُ شيءٍ يسيلُ، ويسيرٌ، ما عدا الحُزن، فهو الشيء الوحيد المتصلب، يُمكن للمرء أن يُخطيء بكل شيءٍ فـ "كُلُ ابن آدمَ خطَّاء" عدا الشعور، يمكن للمرء أن يُخطيءَ في الفهم، أو التفكير، أو التصرف، لكن ليس في الشعور!"

_باركنسون، اللي عندي هو باركنسون" شلل الرعاش"

"لِيُكمل "جواد" قائلًا بنبرة حاول مقارنتها بالثبات الزائف، ولكن دون جدوىٰ فلقد إتخذت النبرة الحزينة من أحباله ونبارته الصوتية متخذًا لها"
مرض أو اضطراب عصبي، حالة إنتكاسية عمومًا يعني، بتصيب الدماغ، مرتبطة بأعراض حركية

أعراض بتظهر يعني أو بمعنى أدق فـ هي الحركات اللي بدأت تظهر عليا

"ليُكمل "جواد" وقد تدثرت عيناه بطبقةٍ زجاجيةٍ من الدموع، محاها هو سريعًا وأكمل حديثه بحزنٍ"

ألا وهي، حركة بطيئة، رعشة، تصلب، وعدم توازن، وعدم تقدير مسافات، وزود على دا كله كمان لو الحالة متأخرة فـ بيكون في عدم أو خلل في إن المريض بـ الباركنسون يقدر يمسك أي حاجة، كمان بيكون في مضاعفات كمان، زي الضعف الإدراكي، وبعض الاضطرابات في الصحة العقلية، أرق واضطرابات في النوم، ووجع، وكمان في اضطرابات حسية بس مفهمتش يعني إيه اضطرابات حسية بصراحة

"ليتفاجأ الطبيب بمعرفةٍ "جواد" لكل تلك المعلومات وظهرت عليه الدهشة ليقول له "جواد" "

أكيد أنا طبعًا سألت التحاليل دي ليه وبتاعت إيه ولما النتيجة طلعت وإكتشفت إنه أنا مريض بالباركنسون فـ بحثت وعرفت عنه.

_ طيب بما إنك عارف فـ أنا هكملك معلوماتك

الباركنسون هو حالة تنكيسية للدماغ، مرتبط بأعراض حركية زي ما قولت بالظبط

وللأسف دا مرض بيدمر خلايا المخ بشكل بطيء جدًا، لحد ما يخليها تموت وتتلاشى بشكل نهائي، دا اللي بيخلينا نفقد الخلية او الخلايا العصبية اللي بتنتج مادة الدوبامين، ومع مرور الوقت بيحصل خلل عام في نشاط الدماغ

"لِيُتابع "جواد" إستماعه لحديث الطبيب وهو ينظر بخزيٍّ، يشعر بأن جميع هموم العالم أجمع قد احتلت قلبه الصغير، ومهما حدثَ سيظل لا يُحب تلك اللحظة؛ تلك اللحظة!

لحظة اضطرَارِكَ لأخذ نفسٍ عميقٍ قبل التحدثِ لأنك على علمٍ بأنك قريبٌ جدًا من البُكاءِ.

كان ذلك هو شعور "جواد" لا ماذا سيفعل، ولا يوجد بيده حيلة غير إكمال تلك الجلسة مع الطبيب"

هو الحقيقة إن الباركنسون دا عادةً ما بيصيب الحالات اللي فوق الـ ٦٠ سنة، وبيكون في دول الغرب أكتر، يعني أغلب اللي بيصابوا بيه بيكونوا من دول الغرب وهكذا ولكن تم اكتشاف وجوده في الوطن العربي وظهر منه كام حالة، وبرضو زي ما قولت بيكون للي فوق ٦٠ سنة، ولكن اللي شبه حالاتك في السن بيطلق عليهم

"مرضى الباركنسون الشبابي" ودي حالات نادرة، وجدًا، ومع الأسف، مع الأسف الشديد المرض دا ملهوش علاج

"كل ما كان يشعر به "جواد" هو أنه هو ذا، هو من كُتب عليه الهزيمة، هو من كُتب عليه أن يُولد من رحم المعاناة، هو من يُكتب عليه أنه مضطر على أن ينتصر على هزيمته، وإحياءُ مجدٍ جديدٍ من هزيمته، هو من كُتب عليه ان يتعرض للكَسر والألم، هو من كُتب عليه المحاربة
وها هو يقف ليخبر الجميع أنه وبلا فخرٍ بات بقايا إنسانٍ، بات يحارب لأجل أملٍ، ولكن لا يوجد أيُ أملٍ، وأيعقل عدمُ وجودِ أملٍ ونحنُ لا نزال أحياء! "

# الفصل الخامس

## "محملٌ بالخيبات"

مُحملٌ بالخيباتِ، مُحملٌ بالآلامِ، كمن يقف على هاوية الجبال مفتونٌ بحاويةٍ مُقلتان، لا يسطع الفرار، ولا يقدر على التلاشي في السراب، كان ينتظر السلام؛ ولكنه فوجئ بـ طبول الحرب تُقرع فوق رأسه، كان يريد أن يعود محملًا بالآمال ولكن بات من نصيبه الرجوع مُحملًا بالآلام والخيبات والخُذلان، تُعارض وتأبى قدماه السير والتوجه للأمام، وبعد شعوره بالوقوفِ علىٰ هاوية الجبال؛ أدرك أن الوقوع والسقوط هو الأمر المؤكد وأن الرجوع هو الأمرُ المُحال!

خرج "جواد" من غرفة الطبيب، تحتل تلك الجملة التي قالها الطبيب _مع الأسف الشديد المرض دا ملهوش علاج _ رأسه، تفتك برأسه، تأسر رأسه كجنديّ أُسر في حربِ إحتلالٍ، تأبى قدماه السير للأمام، يأبى عقله تصديق ذاك الحديث

وكما إعتاد منذُ صغرهِ، حينما يحدث له شيءٌ يذهب لتوأمهِ، يرمي حمولة أثقالهِ لها، مذُ صغرهِ وهو ملاذٌ وسندٌ لها، بينما هي له مكان يختبئ فيه من تعبِ هذه الحياة

فما الأخوة إلا ملاذ، مأوىٰ، موطن دائم، بلادٌ تغمرنا بالدفء والحب بلادٌ تحتوي كل همومنا، وتحاوطنا بأيديها الحنونة

وكلُ ذلك غير مهمٍ، يكفي دائمًا وما يُزيحُ القلق المستمر من قلوبنا هو علمُنا الدائم بعدم أخذهم لفكرٍ خاطئٍ عنّا

وعدم فهمِ ما نريد قوله بطريقةٍ خاطئةٍ مهما حدثَ، ورحل من رحل، وبقيٰ من بقيٰ وستظل العلاقة كما هي

حتىٰ لو أخطأنا، هم الوحيدون الذين لم ولن تتغير مشاعرهم تجهانا

أخرج "جواد" هاتفهُ وطلبها لتأتيّ لديه وقد شعرت بحدوثٍ شيءٍ، كما أن صوته لا يُبشر بالخير أبدًا، لذا وافقت دون أن تُبدي أيّ إعتراضٍ، ولم تلحظ مع الأسف "جُود" المقلتان الموجهتان عليها، كما أن تلك المقلتان قد لاحظت خوف "جُود" وقلقها الواضح كوضوح النجوم ليلًا بسبب ضوء القمر، وبعد نصفِ ساعةٍ كانت "جُود" أمام أخيها "جواد" ليردف الثاني قائلًا"

_انتِ عارفة إنك أغلىٰ حاجة عندي، وعارفة غلاوتك عندي، وكمان عارفة انك الوحيدة اللي معايا دايمًا صح؟

"لتندهش "جُود" مما يتفوه بهِ شقيقها التوأم؛ لتردف متوجسةً عليه قائلةً"

_أيوة عارفة، بس انت مالك فيك إيه

_جُـود أنا...أنــا تعبان

"ليُكمل بحزنٍ شديد، وإنكسار"
جُود أنا بموت

_نـعـم!

"لم يكن ذلك صوت "جُود" البتة، بل كان صوت كان يخاف "جواد" من مواجهته أو سماعه الآن، وكان هو نفس صوت صاحبة المقلتان التي كانت تتابع "جُود"، كان ذلك الصوت هو أخر صوت يريد أن يسمعه" جواد" لا يعلم ماذا سيفعل ولكنه لا يريد مواجهتها الآن لم يكن ذلك الصوت سوى صوت "أمل"
لتركض "أمل" بإتجاههم، ومن شدة ركوضها وقعت ليركض "جواد" بإتجاهها وإمساكها وهمّ بجعلها تقن من على الأرضِ، لتزداد إرتعاش يداهُ ويزيد الأمر عن حده وسقط ذراع "أمل" الأيمن من يديه وهو يحاول أن يجعلها تقف لتلاحظ "جُود" رعشة يداه وتهمُّ بالإمساك بذراع "أمل" الأيمن ومساعدتها على الوقوفِ لم تهتم "أمل" بأنه قد جُرحت يدها اليُمنى، وبادرت سريعًا بطرح سؤالها وهي تحاول تكذيب ما سمعت فليس لديها أحد في تلك الحياة غير "جواد" لقد اضحى هو كل ما تملكُ هي، لقد بات لها الأمن والآمان،

بات لها الصديق، والقريب، والحبيب، اضحى هو لها كُلَ شيءٍ، فـ
تخيل حياتها بدونه!!
هي لا تقدر حتىٰ علىٰ التخيل، لا تستطع مخيلتها تمهيد حياةٍ بدونه،
لا تستطيع ذلك"


_قولوا إن اللي سمعته دا غلط
"لتكمل بصراخ"
قولوا ان دا مش جواد، قولوا ان اللي انا سمعته دا غلط


_إهدي يا "أمل"  نفهم بس الأول


_باركنسون
" كلمةٌ واحدةٌ نطقها هو، لِيُكمل ويخبرهما "جواد" وكان يتحلى
بهدوءٍ وثباتٍ كاذبين لأجل ألا يثير خوفهما وقلقهما أكثر من ذلك"


باركنسون، أنا عندي باركنسون، مرض بيصيب الدماغ، هيأثر على
حركتي


"وأكمل حديثه بنبرةٍ مهزوزة يُقارنها الحزن والانكسار"

وعلى كلام الدكتور، مع الأسف ملهوش علاج، بيتقدم بسرعة واعراضه بتظهر بسرعة، فيما بعد أجهزتي كلها هتقف و....

"لتتساقط دموع "أمل" وتتلألأ العِبر بـ أعين "جُود" لتردف الثانية قاطعةً حديثه الذي بات واضحًا كوضوح الشمس"

_إحنا إتولدنا مع بعض، وعيشنا كل حاجة مع بعض، نجحنا مع بعض، وفشلنا وسقطنا مع بعض، قومنا مع بعض، وإنهارنا مع بعض، إنتَ أخويا، يوم ما نموت هنموت مع بعض بعيد الشر عليك، إياك تجيب سيرة الموت دي تاني لأن وقتها هيكون في كلام تاني

"لينظر "جواد" لـ "أمل" ينتظر منها أيّ حديثٍ، ولكن ما بادر منها خالف كل توقعاته، بل ضرب بل بكل تخيلاته عرض الحائط، حيث كان يتوقع أن تقوم بنهره أو تكذيبه، ولكنها أعلنت العصيان على حبل أفكاره وتنفيذها حيثُ قامت هي ورفعت يداها وقامت بوضع يديه حتى يصير داخل يديها تُحيط باحدى يديها ظهره وبيدها الاخرى كذلك الامر حتى استقر بين يديها بـ موضع العِناق ليتصنم هو، وترْدف هي بنبرة هادئة محاوِلةً مجاراة الأمور وتهدئتها ولكن دموعها كانت مسترسِلة"

طول عمري كنت لوحدي، كان الدعاء الوحيد اللي ملازمني دايمًا في كل صلاة كان متكون في؛ يارب أنا مش عايزة غير أيام خفيفة وحد أحن عليا من نفسي وقلبي وأهو الحمدلله دعوتي استجابت وأنت جيت زي ما أنا اتمنيت بل أنت جيت أحسن وأحن مما أنا اتمنيت يا "جواد" الحنية طول عمرها شيء أوَّلي في حياتي زي ما بيتقال كدة فهي مربط الفرس عندي، الحنية طول عمرها مفتاح أي حاجة تخصني وكل حاجة عندي بجد ،وبجد الحنية دي الصفة الوحيدة اللي كنت بدعي أقابل بيها أي حد هيكون له وجود في حياتي، عمري ما حبيت القسوة، ولا الناس القاسية، طول عمري عندي اقتناع أن الدنيا مفيهاش وقت، لازم أكون حد كويس علشان اقابل ناس كويسة ومحدش يأذيني؛ علشان كدا كنت بدعي بالحنية، بحب الحنية والناس الحنينين، سواء بقى كانوا حنينين في صداقتهم أو حبهم أو حتى في عداوتهم وخلافهم، حنينين وبيراعوا ربنا، الحنين عمره ما هيأذي حد أو هيضر حد، طول عمرهم تركيبة كدا غريبة لا بيحبوا يكسروا حد ولا يضروا حد ولا يخذل حد ولا هيقبل على غيره اللي عمره ما يقبله على نفسه علشان كدا دايمًا كنت بدعي أني يوم ما أقابل حد حد حنين، حنين في كل حاجة، لحد ما قابلتك يا "جواد" وكنت أحلى حاجة حصلتلي في حياتي بجد، مينفعش تسيبني دلوقتي ولا بعدين، مليش غيرك متبقاش زيهم، ماتسيبنيش

"ليتأثر هو بحديثها، فهو يعلم أن لا أحد لها سواهُ بعد كل ذلك ليردف:"

مش هسيبك متخافيش، هتمسك بأي أمل علشانك

أنا مش عايز غير أمل بس

أمل واحد بس، وهكمل والله

_ هكون أنا الأمل، هكون اسم على مُسمىٰ.

# الفصل السادس

## "إبتلاء"


وعافني مني إني مبتلٍ بي يا ألـلــه!..
الإبتلاء!
أيُصاب الإنسانُ بإبتلاءٍ لِيُختبر
يُرسله الله ليختبر به الإنسان ويختبر به البشر، لرؤية قوةَ تحملهم
ويرىٰ مدىٰ صبرهم وإيمانهم وثقتهم بالله، "إن الله إذا أحب عبدًا
إبتلاه" علىٰ قدر إبتلاك علىٰ قدر معرفتك بحُب الله لك


"هذا كان ما يشعر به "جواد" وهو داخل غرفته التي يعمها الظلام،
ولكنها هادئة، مريحة، راحة الليل وطمأنينته، هواؤه العليل، سكون
الليل المريح للقلب، ومع كل تلك الراحة التي شعر لها "جواد" أراد
أن يُكمل راحته تِلك. فهمّ لأداءِ صلاةِ "قيام الليل" الذي لطالما جاهد
ليحاول جعلها كفرضٍ سادسٍ له، وليقينهِ الدائم بأن من أراد التعامل
بالمُعجزات فليُقم ليله!
وبعد تأديته لصلاته تذكر حديث شقيقته "جُود" تذكر ذاك الحديث
الذي دار بينهم منذ ساعاتٍ قليلةٍ، فبعدما أخبرته بصلتهما وترابطهما
حدثته قليلًا عن ما يدور بعقله الآن وعن ما يحتل تفكيره"

_أنا مش عايز غير أمل بس

_" وَلَا تَيْأَسُوا مِنْ رَوْحِ اللهِ"
مهما إشتدت، ومها كانت صعبة، ومهما شوفتها متعقدة وملهاش مخرج، فهي محلولة عند ربنا سبحانه وتعالىٰ، ربنا هيعوضنا، وهيراضينا بكرمه لكن في الوقت المناسب اللي نكون مستعدين فيه

"وكعادةٍ أيّ شخصٍ يُفاجئُ بخبر مرضه، أو كعادةٍ أيّ شخصٍ يشعر باقتراب الموت منه، كل ما يريده ذاك الشخص هو بعض الإطمئنان، الإطمئنان وحسب، يريد أن يبث أحدٌ الثقةَ بالله وبنفسه في نفسه، يحتاج إلى الدعم ليس إلا، ليردف "جواد" بنبرة يقارنها الشك أو بعضٌ من الخوف، فـ قد أثارت بعض الوسوسات في نفسه الخوف كـ "لماذا أنا؟!" "ألم يجد ذاك المرض أحدًا أخر ليصيبه" وبعض الوسوسات من ذاك القبيل"

_يعني ربنا ممكن يغير قدره أو اللي كاتبه علشاني؟

"لتردف تلك المرة "أمل" بحكمةٍ ولكن مما تتعرض له من صدمةٍ لهول الموقف فهو ليس بهيّنٍ هي ولجُود لم تستطع أن تمنع عصيان دموعها ولم تستطع أن تمنع إنهيارهما أيضًا"

_يعني هو إنتَ اللي بتسأل يا "جواد" مش فاكر لما قولتلي

إن فيه إمرأة ذهبت إلى نبي الله موسىٰ عليه السلام وطلبت منه إنه يدعيلها ربنا بالذرية الصالحة؟
فـ وهو سيدنا موسىٰ بيدعي ربنا ليها قاله ربنا إنها عقيم يعني مستحيل إنها تُرزق بطفل أو بذرية، فلما سيدنا موسى بلغها بدا، هي عيطت وسكتت ومتكلمتش وخدت نفسها ومشيّت من سُكات والمرأة دي جت بعد سنة بتحمل رضيعها
طبعًا سيدنا موسى قال لربنا "ألم تخبرني أنها عقيم يالله"
فربنا عز وجلّ قاله
"يا موسى لقد دعتني باكيةً فاستحييت أن أردها فغيرت لها قدري"

"لتُكمل "جُود" حديث "أمل" وتضيف على حديثها ما يُثلج قلب شقيقها"

الدعاء يا "جواد" زي السهم
بس دا سهم من أسهم ربنا، سهم عمره ما بيغلط أو يخطأ
اللي بيدعي بقلبه ربنا بيستجيبله
"عساهُ أن يَرُدّ قلبًا باليقين ناجاهُ"

وكمـان الرسول صلى الله عليه وسلم قال
"ولا يَرُدُّ القدرَ إلا الدُعاء"


"ليقوم "جواد" بقول كلمة، كلمة لا يقولها إلى من كُسرت قلوبهم،
من تعرضوا للخيبات، من تعرضوا للصدمات، كلمةٌ لا تُقال إلا
وقت الضعف، وقت الوقوع في ضيقٍ، وقت الوقوع مع صراعاتٍ
نفسيةٍ،


_ أنا مليش غير ربنا


"لتُردف "جُود" مرةً أخرى ولكن بحدةٍ قليلةٍ ممتزجةٍ بالحزن"
_وماله، وماله بجد، وماله لما يكون ملكش حد غير ربنا. وماله لما
يكون على الله حكايتك
فوق يا "جواد" وشوف انت بتقول إيه!


إنت عارف اللي ملهومش غير ربنا دول حصلهم إيه؟!
ربنا سببلهم أسباب، بل غير أقدارهم وحياتهم للأحسن والأجمل


السيدة هاجر رضي الله عنها وأرضاها، مكنش ليها حد هي وابنها
غير ربنا، رغم إنهم وسط الصحراء ورغم شدة الحر ورغم كل

اللي بتمر بيه ولكن لأنها ملهاش غير ربنا ربنا أخرجلها بير زمزم من قلب الصحراء

سيدنا يونس عليه السلام، الحوت بلعه وبرضو مكنش ليه حد غير ربنا، وبثقته في ربنا وكمان لأنه عارف إنه ملهوش حد غير ربنا ربنا أخرجه من بطن الحوت من غير ما ينقص من أي حاجة لا ضفر ولا شعرة واحدة، رغم إنه كان ممكن يموت، ولكن ثقته في ربنا

السيدة مريم رضي الله عنها، لما مكنش ليها حد غبر ربنا والناس كلها كانت قاعدة تتكلم عنها، ورغم ضعفها وقلة حيلتها ودعائها ربنا جعل من نصيب رضيعها الكلام، وخلاه أخرس الكل وكل اللي كانوا بيتكلموا عن والدته.

"لتتحدث "أمل" تلك المرة وهي تُمسك يد "جواد" وتُردف بيقينٍ"
_اللي ملهوش غير ربنا مش ضعيف، بالعكس دا قوي، اللي ملهوش غير ربنا مش خسران أبدًا، بالعكس دا الكسبان، إنتَ مش في الركن المكسور، بالعكس إنت في الركن القوي والمسيطر، أنا واثقة في ربنا وإن ربنا هيتمم شفاك علىٰ خير، أنا واثقة في ربنا، إحنا معانا اللي بيقول للشيء "كُن؛ فيكون"

"لتُكمل "جُود" الحديث معللةً"

إفتكر دائمًا جملة "ماذا وجد من فقد الله؟" ، وماذا فقد من وجد الله؟"

اللي يبعد عن ربنا بيلاقي إيه من بعد ربنا يعتبره مكسب؟

وإفتكر كمان قوّل " من تقرب مني شبرًا تقربت منه ذراعًا، ومن أتاني يمشي أتيته مهرولًا"


واللي قرب من ربنا وإختار ربنا لاقى إيه خسر فيه؟

بالعكس دا كسب دنيته وآخرته

اللي مع ربنا مبيغرقش، اللي مع ربنا مبيخسرش، اللي مع ربنا واللي ملهوش غير ربنا دا معاه كتير أوي وهو مش داري، معجزات هيعيشها ويشوفها، بركات هتلازمه، بركة في الوقت والمال والرزق وكل حاجة، خلي عندك بس يقين في ربنا إنه هيتم شفائك على خير يا حبيبي بإذن الله، ستر ولطف ربنا هيلازموك ويصاحبوك، في همة هتُضاف إلى قلبك من حيث لا تدري، في أجمد أو أحلى من كدا؟


"لينظر لها "جواد" بتأثر بالغ، لتُكمل هي كما كانت وقد حاولت محو دموع عينيها وإلغاء إعلان العصيان الذي أعلنته عيناها"

اللي مع ربنا مبيضعفش، استعين إنتَ بس بالله، اتحامى في ربنا، قول الله المستعان، مفيش حد بيطلب المعونة والسند من ربنا بصدق

وربنا بيخيبه أو بيرده. بالعكس ربنا بيحققله المستحيل بالطريقة الأكتر إستحالة حقيقي، ربنا مش بيرجعه غير لما بيعينه وبيقويه على كل شيء، حتى الصعب

دا ربنا بيقول عن سيدنا داوود "وَأَلَنَّا لَهُ الْحَدِيدَ"
اللي قدر يخلي الحديد الصلب لين في إيد عبد من عباده
هل مش هيقدر يزيح همك، ويريح قلبك، ويشفيك، وييسرلك الأمور؟

"لترفع "جُود" يدها وتُمسك بيد أخيها وتقوم بالتدثير عليها بحنانٍ؛ لتحتضن وتحتوي رعشة يداها التي باتت شديدة الظهور وأردفت وهي تحاول جاهدةً التمهيد لرسم بسمةٍ صغيرةٍ على ثغرها لتُطمئن أخاها"

هتُفرج وهتشوف، هتخف وربنا هيتمم شفاك على خير وهتقوم تجري قدامنا كمان وبكرة تقول "جُود" قالت

"لتُكمل وهي تُحاول صبغ ومُقارنة نبرة صوتها بالثبات ولكن هيهات فلقد إتخذ الخوف من نبرة صوتها ملجأً له وسكنًا"

"جواد" إدعي يا "جواد" إدعي ولح في الدعاء دا ربنا بيقول
"وَإِذَا سَأَلَكَ عِبَادِي عَنِّي فَإِنِّي قَرِيبٌ أُجِيبُ دَعْوَةَ الدَّاعِ إِذَا دَعَانِ
فَلْيَسْتَجِيبُوا لِي وَلْيُؤْمِنُوا بِي لَعَلَّهُمْ يَرْشُدُونَ"
وبيقول كمان
"فَاسْتَجَبْنَا لَهُ وَنَجَّيْنَاهُ مِنَ الْغَمِّ ۚ وَكَذَٰلِكَ نُنجِي الْمُؤْمِنِينَ"


وبيقول كمان
"وَلَقَدْ خَلَقْنَا الْإِنْسَانَ وَنَعْلَمُ مَا تُوَسْوِسُ بِهِ نَفْسُهُ وَنَحْنُ أَقْرَبُ إِلَيْهِ مِنْ
حَبْلِ الْوَرِيدِ"


أنا دايمًا معاك، ودايمًا هكون في ضهرك
وإفتكر إن "مَا يُصِيبُ الْمُسْلِمَ مِنْ نَصَبٍ وَلَا وَصَبٍ وَلَا هَمٍّ وَلَا حَزَنٍ
وَلَا أَذًى وَلَا غَمٍّ، حَتَّى الشَّوْكَةُ يُشَاكُها إِلَّا كَفَّرَ اللهُ بِهَا مِنْ خَطَايَاه"


"لم تستطع هي التحمّل أكثر من ذلك فهمّت بالقيام من مكانها
واحتضان أخيها بقوةٍ والبكاء بين ذراعيه التي كانت ومازالت ما
هي إلا سكنًا لها وملاذ، ملجأ حتى من متاعب الحياةِ، وضغوطاتها،
وفعلت "أمل" المثل وقامت باحتضان زوجها، وبعد برهةٍ أبعدهما
هو عنه وهو يصرخ بهما ولكن بمُزاحٍ"

ـ إبعدي انتِ وهي، والله ما حد مموتني غيركوا، عايزين تموتوني
علشان تاخدوا علىٰ مكتبي ورواياتي؟
دا بعينك يا غالية إنتِ وهي، قاعد علىٰ قلوبكوا أنا وحبايبي

ـ تصدقي إن أنا وانتِ غلطانين إن إحنا بنتكلم مع واحد زيه؟

ـ عندك حق والله
"لتنظر الإثنتان لبعضهما، ثم ينظران له وينفجر الثلاثةُ ضاحكين،
وبعد توقف رعشة يداهُ، ومن شدة فرحهِ بسبب توقف رعشة يداه
همّ "جواد" بفتح ذراعيه وإحتضانهما سويًا وهو يربتُ علىٰ رأسيهما
ويُقبلهما ليمنحهما بعض الطمأنينة، فبالرغم من قلق خافق "جواد"
الدائم، ومحاولته للهروب المستمر، إلّا أنه كان يمثل دائمًا ملاذًا آمنًا
لكل من حوله، كان ينتقم من القلق الذي يغْرُمُه بمنح جميع من يحبهم
الطمأنينة!"

# الفصل السابع

# "أسمىٰ درجات الجهاد!"

كم يصعُبُ عليَّ التخلي عن أشياءٍ إختارها قلبيَّ وتركها؛ رغمَ أني أؤمن بأني عقليَّ أكثرُ صوابًا وحكمةً

"قرر "جواد" فتح هاتفهِ وفتحَ موقعٍ من مواقع التواصل الإجتماعي لِيُطلِق العِنان لما تطرقهُ أناملهُ وأحرفه؛ ليكتُب في منشورٍ بعنوان "أسمىٰ درجات الجهاد" ويُكمل كتابته"

_من أعلى وأسمى درجات الجهاد
"جهاد الحُزن وجهاد النفس، وجهاد الإختبار فيما تُرك لأجل الله"
جهادك في التقبُّل والرضىٰ والسعي، جهادك في حمد ربنا وشكره وإنت في الشِّدة، جهادك وإنت لوحدك
محدش حاسس بيك ولا بوجع قلبك، ولا حتىٰ حد حاسس بإنك مش كويس ومش بخير، محدش حاسس أو إذا كنت تعبان ولا لأ، ولا بان الأيام بتمر عليك إزاي، ولا حتىٰ ليلك بينتهي بإيه أو بيمر عليك إزاي؟
كل اللي عليك إنك تسلم أمرك لربنا وترضىٰ، حتىٰ لو مش فاهم الحكمة، مش مُدرك، أو حتىٰ مش مستوعب، وبالذات لو مش مستوعب الأحداث!

أو مش مستوعب دا ليه حصل من أساسه؟

إنك تمشي وإنت مُتيقِّن إن مفيش ملجأ من ربنا إلا ليه، ومفيش ملاذ غيره، إنك تستسلم وترضى؛ حتى ولو دا خالف توقعاتك، خالف معتقداتك، خالف رأيك وهواك، ولو خالف حياتك شخصيًّا، "صبرك" و "شُكرك" و "تقبُّلك" و "ثباتك على ما تركت لأجل الله" كل دول جهاد

"الإبتلاء في الحياة مش إختبار للرؤية قدرتك الذاتية، أو إختبار لقدرتك الإعتقادية، هو بس إختبار لتحمُّلك وإستعانتك بالله، وخليك دايمًا متصالح جدًا مع ظروفك، ونصيبك، والواقع اللي انتَ عايش فيه، وكم الضغوطات النفسية اللي بتمر بيها من وقت للتاني، وخليك دايمًا مؤمن إن عوض ربنا هيجي في الوقت المناسب؛ فاللهم إنا نعوذ بك من حياةٍ نعيشها ولا تشبه قلوبنا، اللهم إنا نعوذ بك من الحزن وعدم الطمأنينة، ونعوذ بك من حلم لا يتحقق رغم تعبنا وانتظارنا، نعوذ بك من دعوة لا تستجاب، وتفكير طويل دون جدوى لا يشفع ولا ينفع"
"لِيُغلِقَ "جواد" هاتفهُ ويتجه ناحية سريرهِ ليخلُد في ثباتٍ عميقٍ بجوار زوجته "أمل"

"وبعد مُرورِ يومينِ وبعد صراعٍ مع نفسيهِ وبعد جلبةٍ يُحدثُها قلبه في نفسيتهِ، تتسابق نبضاتُ خافقهِ، وبعد خوفٍ، وقلقٍ شديدينِ، قرر "جواد" وأخيرًا الذهاب للطبيب، تتقدمُ قدمٌ خطوةً للأمامِ، وترتعدُ الثانيةُ للخلفِ خطوتينِ، وبعد عدةِ صراعاتٍ؛ ها هو الآن أمام غرفةِ الطبيب المُعالج له والمسئول عن حالتهِ، ليدرُفَ "جواد" للداخل؛ ليجد العديد من الأطباء أمامهُ، العديدُ من الأطباء متعددي المجالاتِ والتخصصاتِ الطبيةِ، وبعد الفحوصات وبعد البحوثاتِ حول مرضِ "جواد" ؛ لم يصلوا لأيِّ شيءٍ لداء "جواد" وكان الرأي المبهم هو عدم وجود دواءٍ لداءِ "جواد" لِيُردف "جواد" "

_أنا مُستعد أدفع أي حاجة، أو أسافر برا أتعالج كل اللي ممكن يتعمل أنا أقدر أعمله، أيَّ كان!

"لِيُردف أحد الأطباء ردًا على "جواد" "

_هي مش بالفلوس ولا بمكانتك ولا بشغلك، وعمرها ما هتتحيب بهو حسابك في البنك فيه كام، وأظن إنك إطلعت على المرض من مواقع وأكيد إكتشفت إنه لحد النهاردة ملهوش أي علاج وأهم خطوة هي الأمل، لازم تتمسك بالأمل يا "جواد"

"ليخرج "جواد" من تلك الغرفة التي كان يجلس بها الأطباء الذين كانوا يحاولون بشتى الطرق ويبذلون أقصى ما بجهدهم ليجدوا دواءً لذلك الداء الذي أصاب "جواد" ولكن بائت كل محاولاتهم بالفشل، مُحملٌ بالخيبات؛ نعم هذا هو شعورهُ، خيباتٌ تراودهُ، أُسر تفكيرهُ بحديثهم، إحتل اللون الأحمر عيناه؛ ليرمُقَ الفراغَ بمقلتين يكسوها طبقة الدموع الشفافة، تفنن اللون الأسود بإحتلال أسفل عينيه، إحتل اللون الأسود أسفل عينيه بسرعةٍ شديدةٍ غير عابءٍ بحالةٍ "جواد" النفسية، تنهد بعمقٍ يغزو قلبهُ؛ وكأن هموم العالم أجمع جثمت فوق قلبهِ، لتعود رعشةُ يداهُ مرةً أخرى؛ حاول كثيرًا التحكم في دمُوعه ولكن ليس كل ما نريدهُ يُقسمُ لنا؛ ففرت دموعه على وجنتاه وهو يتذكر بأن لا

# الفصل الثامن

## "لا علينا سوى التأقلم"

"_وَحيد_" رغم الحشد المهئول الذي يُحاوطُه، وحيدٌ رغم الجَمْع الغفير الذي يحتضنه، يشعر بأن كل من يقترب منهُ أو يحاول مآزرته ما هو إلا شفقةً ممن يحاول الإقتراب منه، لا يقدر على التخطي، ولا على المضيّ قُدُمًا، لا عليه سوى التأقلم! التأقلم وحسب!

" وبعد مرورِ ستةِ أشهرٍ "

"وبعد مرورِ ستةِ أشهرٍ؛ كانت حركة "جواد" بدأت تُبطيءُ وتُصعّب حركته تمامًا، لا يسطع على الحراك، لا يسطع مقاومة آلامه أكثر من ذلك، يزداد الألم فترةً بعد فترةٍ ويزداد معها صعوبة حركته، بل وصعوبة ممارسته لعمله وأبسط الأمور كالعناية بنفسه، كغسل وجهه، وتفريش أسنانه

رعشاتٌ صغيرة، منعته من التحرك

رعشاتٌ صغيرة، سلبت منه حياته

رعشاتٌ أهملها لفترةٍ، قيدت نفسيته، وقيدت حياته، بل وقيدت أيضًا سعادته بقيودٍ فولاذية، يترنح قلبه ويعتصره الحزنُ فحتى قيامُهُ لا يستطيع أن يَهُمَّ بِه، عِيَانةً علىٰ ذلك سوءُ وتراجُع نفسيته كلما تذكّر

أنه لا داء لذلك، فكيف سيترك "أمل" وحيدةً ولا أحد لها ولكن مهما حدثَ فلا علينا سوى "التأقلم "

_طب هجرّب أبحث كمان مرة ولعله خير أنا واثق في ربنا

"ليفتح "جواد" شاشة هاتفه مرةً أخرى؛ ليبحث "جواد" مرةً وأخرى ومن كثرة بحثه توقع أن تلك هي المرةُ الألف بعد المليار التي يبحث بها حتى بات اسمُ الداءِ مثبتًا في قائمةِ بحثِه "باركنسون "

وللمرة الألف بعد المليار يُبترُ نيّطٌ أخر من نياط قلبه، وللمرة الألف بعد المليار يشعر بالهزيمة والعجز والانكسار، كلما قرأ "جواد" "يوفّر التشخيص السريري لمريض الباركنسون من قبل العاملين بـ "دار الرعاية ومجال الرعاية الصحية " وكلما وقعت عيناه على تلك الأحرف التي تخطها أنامل الأطباء، أو سمعت أذناه ما تتفوه به أفواههم وتتحرك ألسنتهم للنطق به " يُحجز، وباستخدام المباديء التوجيهية البسطة الإدارة العلاجية افضل في مراكز الرعاية الصحية "
ليُقطع ويُبتر أخر أمل كان يتمسك به "جواد "

دقيقة

اثنتان

ثلاث

دقائق تمر عليه كالدهور، خاطِرهُ قد كُسر، قلبه مُزّق، ولكي يحاول "جواد" أن يُهديءَ من توتره حاول "جواد" إمساك كوب الماء المثلج الموضوع على الطاولة أمامه؛ ومن شدةِ رعشة يداهُ سقط من بين أنامله الكوب ليفيض به الكيل ويزيد، ومع أن نُطقهُ قد بدأ يتأثر بسبب تأثر الأعصاب. ولكن مع فيضِ كيلهِ؛ صرخ "جواد"
_عـادي، عـادي عـادي، أي حد مـ..ممـ.. ممكن تُقع منه الكوباية عادي ممكن أيسل تمسكها وتقع منها عادي، أنا كويس

"لتعلو صرخاته، وتبدأ عيناهُ بالتلألئ بوميض الدموع"

_والله أنا كويس، أنـا تمام وزي الفل، أنا كويس وهكون كويس والله دي محنة بس واكيد هتعدي
اكيد أنا بحلم، أكيد هصحى دلوقتي، أ...أنا كويس والله يارب!

هحاول أتأقلم علشانها، أمل ملهاش ذنب
هتوجع وهحاول وهقع وهقوم، كل دا علشانها

هتمسك بأي أمل علشانها
هي ملهاش ذنب في كل دة


دا الوجع في وجودها بيكون زي الراحة!


ولو الوجع هيكون بسببها، فـ يا أهلًا بكل أنواع الوجع
ولو الوجع هيكون بسببها، فـ أنا أتمنى أفضل أتوجع


هكمل علشانها هي بس.
أنا واثق في ربنا وفي كرمه، واثق إن ربنا هيفتحلي باب من
أبوابه...

# الفصل التاسع

# "مع الأسف!"

حاولت!

لقد حاولت، أقسم للجميع بأنني حاولت

واجهت

قاومت

صامدتُ

فعلت ذاك وذاك

ولكن لا مفر، لا خيار

أريد التلاشي في السراب

ياليتني كنت طير، ياليتني كُنتُ حر

أريد أن أراني

حقًا أريد أن أراني؛ لأُقسِّم لذاتي أني من أفعالها وآمالها وثقتها

وعزمها لازلتُ أعاني


"بعد عام"

_مع الأسف، مع الأسف الشديد حتىٰ الأدوية اللي كنا بنحفز بيها

مادة "الدوبامين" فقدت فعليتها

"كل شيءٍ باتَ أسود اللون أمامها، هل حقًا وصلوا لنهاية الطريق؟
لا، هي لن تستطيع العيش بدونه، لا تستطيع حتى التخيل لتصرخ
"أمل" وشقيقة "جواد" التوأم "جُود" بالطبيب"

_يعني إيه؟ يعني إيه مع الأسف

_حضراتكم إحنا حاولنا، حاولنا كتير، بس دا مرض لحد الآن مش
لاقين له أي علاج
حاولنا الكل حاول وجواد عارف وحاول معانا كتير وكان حقيقي
بطل واستحمل كتير
بس مع الأسف، خلاص، مضطر أقولكوا إنكوا تستعدوا لأي حاجة،
وحقيقي جواد مش محتاج غير دعوات حاليًا وبس

"في الخلف كانت تترنح "أمل" من شدة خوفها علىٰ زوجها، وكل
ما لديها بتلك الحياة اللعينة؛ فلقد سمعت كل ما قاله الطبيب مع
"جُود"، وبعد برهة صغيرة، ومن كثرة خوفها، تسارعت نبضات
قلبه وضرباته، ومن بكائها بحرقة علىٰ حبيبها، أخذ كل شيء أمامها
اللون الأسود وبدأت عيناها بالإنغلاق، حاولت جاهدة لتقوم بالنداء
عليه؛ ولكن دون جدوىٰ؛ فـ يُهيِء لها أنها تصرخ ولكن الصوت
والكلمات لم تنصفها فلقد خرجت بخفوت كبير، تتمتم بها، لا يفهمها

أحد، من كثرة بكائها أصبح لديها شعور بأنه أمامها، يقف كما اعتاد هو أن يقف أمامها تراه بتلك الهيئة التي كان عليها قبل مرضه، تراه كأول مرةٍ رأته بها وفُتنت به بها، يقف أمامها، يضع يده بداخل جيب بنطاله، ينظر لها ويبتسم لها، مدت هي يدها ليمسك بها وكأنه طوق النجاة الخاص بها ظنا منها أنه سيمسك يدها، ولكنه نظر إلى الناحية الأخرى،كان هناك «فريد» "والدها" ينظر له ويمد إليه عين تلك اليد، في تلك اللحظة كان "جواد" يذهب نحو والدها، وظنًّا من "أمل" أنها تدوي بصرخة منها تخشى الفراق.
ولكن لم تكن الصرخة من فمها بل كانت خارجةً معزوفة من قلبها وتُطالب بالبقاء، بعدم ذهابه.


وفي تلك اللحظة استسلمت"أمل" ووقعت على كتف "جُود" مغشيًا عليها، نظرت "جُود" نحوها وأمسكت بيدها
وبدأت تحرك وجنتها بيدها، بدأت "جُود" بالصراخ لكي يأتي أحد ويساعدها على حَمل "أمل"
وبعد إستيقاظ "أمل" همّت بالذهاب "لجواد" والوقوف بجواره ومسنادته فليس لهما سوى بعضيهما، خُلقا لأجل بعضيهما كُلٌّ منهما يُكّمل الأخر.

# الفصل العاشر

## "تلاطيم"

تُشبه الحياة البحر الهائج، تشبه تلاطيم موجته المرتفعة الهالكة

ما حيلتي!

حياةٌ مفروضةٌ

قُرصٌ وعيّشٌ مرفوض

ما حيلتي!

بالنسبة لتلك اللعنة ذات الاسم المدعو بالحياة

فما انا بالنسبة لها الا جسدٌ رخو؛ تسعدُ هي بجعل جسدهِ يرتطم بتلك الصخور القاسية، تضع أمامي

عقبة

اثنتان

ثلاث

تقذفني للصخور، ولتلاطيم البحر الهائجة لتتمزق أحشائي، وتفتُك بأخر نفسٍ بي

لتقضي علىٰ أخر أملٍ لي

من بين كل هذا وذاك

لم أجدُ أيّ تِربٍ، أو جليسٍ، أو خلٍّ

لم أجد أيّ زميلٍ أو سميرٍ يحادثني،

لم أجد صاحب أو صديق أو حتىٰ رفيق،

حتىٰ صفيٌّ أو نجيٌّ أو أنيس أو قرين،
لم أجد أيّ شخصٍ منهم ليكون لي كطوق نجاة، يُغيثني من الموتِ غرقًا


أعانق الجميع وأقف بجوارهم، ولم أجد من يعانقني وأنا أتمزقُ!


حسنًا لقد ودت
ودتُ لو أجد أيّ شخصٍ بجواري، ودتُ لو أجدهم بينما كنت أجتاز آلامي وصعوباتي
ودت لو أجدُ رفيقًا صفيًّا في إنتظاري عندما أقابل أيامي السيئة


ودتُ وودتُ ولكن ليس كل ما نودهُ نلقاهُ


هي الآن أمامهُ، أمام "جواد" لتجلس "أمل" وتمسك بيدهِ لتملَّس عليها بكف يدها المُعلق به الأنبوب المحلولي، ولا يدور بعقلها ولا تسمعُ أيَّ شيءٍ سوى أخر شيء قاله الطبيب قبل وقوعها مغشيًّا عليها
_حضراتكم إحنا حاولنا، حاولنا كتير، بس دا مرض لحد الآن مش لاقين له أي علاج
حاولنا الكل حاول وجواد عارف وحاول معانا كتير وكان حقيقي بطل واستحمل كتير

بس مع الاسف، خلاص، مضطر أقولكوا إنكوا تستعدوا لأي حاجة،
وحقيقي جواد مش محتاج غير دعوات حاليًا وبس_ ، وبينما يدور
كل ذلك بعقلها كان لا شيء يُسمع سوى صوت صفير مزعجٍ من
الآلةِ المسئولةِ عن قياس نبضات القلب، ثوانٍ فقط وكان "جواد"
يُصارع حياته ويُصارعُ نفسه لأجل الحياة، دلف جميع الأطباء
لغرفته، وهمّوا بإدخاله لغرفة العمليات سريعًا، تبعتهم "أمل"
و"جُود" مُحاولتانِ إدراك ما يحدث، ولكن قد أخرجهم الممرضين
للخارج

بكاءُ "أمل" بالخارج، توقف الزمن لدى أختٍ هلعًا علىٰ أخيها
الوحيد، كل شيءٍ بات باللون الأسودِ لدئ أخت صاب الفزع قلبها
علىٰ أخيها الوحيد

لا أحد يملك أي شيء سوىٰ الدعاء، يظن البعض أنها النهاية
ثلاث دقائقٍ كاملة دون أي نبضٍ، ثلاث دقائقٍ بعيدْ هو كل البعد عن
الحياة، ثلاث دقائق ظنَّ بها الأطباء أنه من توقف قلبه هو "جواد"
فقط، لا يعلمون أن الجميع توقف قلبه معه حتى والديه أيضًا حسنًا
فـ الخبر السيء ينتشر أسرع من الضوء ما لبث ثوانٍ حتى علم
والديه بما حدثَ وأن قلب صغيرهما قد توقف حتى همَّت "أمل"
بالقيام ، حاول الكثير معها لانها هكذا تُعرض حياته للخطر، لا

يعلمون ان حياتها تتوقف الآن مع قلبه، سمحوا لها بالذهاب ولكن وهي بيده عصا بها عجلتان تُحركها هي معلق بها كيس بداخله محلول متصل بيدها عن طريق أنبوب، لا أحد يستطيع إبداء أي ردةِ فعلٍ تجاه ما يحدث، دموعٌ ساخنة تنهمر كالسيول لتتوسط أوجنة الجميع، الثلاث دقائق باتت أربع، يحاول الأطباء بأقصى ما أوتوا من قوةٍ، يُعاند لأجل حياته، لا يريد ترك الصاعق الكهربائي من يديه، يضربه هو ويرتفع جسد "جواد" لأعلي ويسقط علىٰ السرير مرةً أخرىٰ، مرارًا وتكرارًا، أربع دقائق علىٰ هذا المنوال؛ لا يريد الإيقاف فهو شابٌ صغير لم يُكمل ربيعه السابع والعشرين بعد.

# الفصل الحادي عشر

## "حُلُم"

حُلم
ليس إلّا!
بالطبع لم يتركني
بالطبع لم يتخلى عني
لقد...لقد أخبرني أنه لن يتركني وحيدة
تائهة
مشتتة
مبعثرة
خائفة
ومخذولة
مكسورة
تركني وحيدة..
وحيدة؛ رغم كل ما أُحاط به؛ لكن بدونه أنا بسجنٍ ولكن أكثر
حرية، أتحرك كجسد بلا روح
بدونه تفقد الحياة رونقها و.....وحياتها

"آلاتٌ ومؤشراتٌ تُشير لتوقف قلبه، كل شيٍ يدل علىٰ ذلك، كل ذلك و"جواد" غير عابءٍ بالحياة، فهو بحُلمٍ لا يريد الخروج منه أو العودة للواقع"


" كانت أمل" داخل حُلم "جواد" كانت أمل في مقهيٍ جالسةً علىَ الكرسيّ
ومن كثرة برودةِ شتاءٍ ديسمبر المشهور بنسائمه العليلة الباردة؛ كانت تلتحف هي بشالٍ سميكٍ لِيُدفئها من قسوة برودة هذا الشتاء، ليدلف "جواد" داخل ذلك المقهى ويقوم بإحتضانها ثم الجلوس علىٰ الكرسيّ المقابل لها قائلًا: "


_الله يا "أمل " المكان حلو أوي حقيقي


"لتنفعل "أمل" من تأخيره عليها وعدم تقديره لموعده وتنهرهُ بكل قوةٍ: "


_آه، هو كل مرة هستنىٰ الأستاذ ولا إيه؟
إنت يا أخي إنت في حاجة اسمها إحترام وقت

وبعدين هو كل مرة كدا تيجي متأخر، وأكون طلبت القهوة، وكل مرة تيجي تكون هي بردت، كل مرة كدا يعني مفيش مرة هتفرحني وتيجي بدري أبدًا يا "جواد"

"لِيُردف "جواد" مُحاولًا تلطيف الأجواء التي قد شُحنت بمناوشاتٍ وخلافات: "

_أنا أسف أوي بجد، وبعدين أنا بحب القهوة باردة

_إنت كداب، عمرك ما بتشربها باردة، بدليل لما بنكون مع أي حد كنت بتشربها وبتشربها سخنة جدًا كمان

_أمل القهوة دي أنا بشربها معاكِ انتِ، علشان كدا مش عايزها تخلص
أصل لو خلصت كدا معناه إنها انتهت، وإنها تخلص أو تنتهي كل دا بيترتب عليه إننا خلاص كدا خلصنا، بيترتب علىٰ تخلِصنا دا إننا هنروح،
أمل أنا بحب أقعد معاكِ أقصى وقت ممكن، مش مهم فين أو إيه المكان، الفكرة كلها إنّه معاكِ
وكفاية إن القهوة دي أنا بشربها وأنا بتفرج عليكِ وعلىٰ عيونك

_عيوني!

_يعني سيبتي كل دا ومسكتي في عيونك؟

"ليُكمل "جواد" باستهزاء وقلة حيلة فمن أين لها أن تترك كل تلك الكلمات وتلتقط تلك الكلمة"

أيوة يا ستي عيونك

_مالها

"ليُكمل "جواد" بمكرٍ وخُبثٍ وهو يُراقصُ لها حاجبيهِ: "

_حلوين، وحبايب عيوني

"لتُحاول "أمل" مجاراة الأمر وتحاول أيضًا فتح أيّ حديثٍ أخرٍ حتى تحاول إخفاء خجلها"

_تيجي نقوم نتمشى؟

_لا بلاش علشان أنا يا أمل عايز أقولك حاجة قبل ما الوقت يفوت
وملحقش أتكلم
أمل أنا عاوز أشكرك على كل حاجة عملتيها علشاني
أشكرك على وقفتك جمبي وتحمُّلك لحاجة ملكيش دخل فيها
مش أي بنت كانت هتستحمل كل دة
انتِ حقيقي عاملة زي حتة السكر اللي خلت للدنيا طعم وكنتِ
جمبي ومعايا دايمًا
تقبلتيني بعيوبي قبل مميزاتي
حبيتيني زي ما أنا، بكل عُقدي وتعبي
استحملتيني ووقفتي جمبي في مرضي، وعمرك ما حسستيني اني
كنت حِمْل عليكِ، أنا من الناس اللي بتؤمن بإن طالما حبيت حد لازم
أعترفله بحبي،
أمل أنا حقيقي بحبك، كنتِ أملي في فترة مرضي
أمل علشان أكمل
وأمل أتمسك بيه
الأمل الوحيد اللي كنت بحاول علشان أعيش علشانه

الإعتراف بالحب عمره ما كان ضعف، بالعكس دا قمة القوة،
ويا بخت اللي بيحب حد بيحبه حقيقي

شُكرًا إنك وفيتي بوعدك وكنتِ ليا أمل، كُنتِ ليا اسم على مُسمىٰ
زي ما قولتي
شُكرًا على عدم خُذلانك ليا
بعتذر عن أي حاجة انا عملتها ضايقتك سواء كان بقصد أو من
غير قصد وحقيقي أنا بجد بحبك

وختامًا كلهم مروا إلا انتِ جيتي مررتيلي عيشتي بس بجد أحلىٰ
مرار شوفته في حياتي

"كادت هي أن تتحدث إلىٰ أن قاطعها هو مُكملًا: "

طول عمري كنت بخاف..
بخاف من البشر، والآدميين، بخاف من التعامل، رغم نجاحي مكنش
ليا صحاب
مكنش ليا حد، دايما كنت بخاف أطلع جانبي المظلم لأي شخص؛
لحد ما جيتي انتِ وطلعتي بتحبي الغوامق وبقيتي كل حاجة في
حياتي

"تَكاد هي أن تُجيب ولكن صوتُ صفيرٍ اخترقَ حُلمَهُ صوتُ
صراخ الأطباء للإيتاء بدواءٍ مُعيّن"

مُحاولةٌ تلو الأخرى، جسدٌ يُقفز لأعلى ويهبط لملاقاة مصيرهِ مرةً أخرى علىٰ السرير، محاولةٌ تلو الأخرىٰ لإنقاذ حياةِ أكثر من شخصٍ ليس فرد واحد

فـ"جواد"  يُمثل لهم الحياة

لیُكمل جواد الحلم، يُكملهُ لكي يُحاول أن يُطمئنها من خلال الحُلم"


_أمل أنا....


"لیُحاول إخراج تلك الكلمات ولكنه قد تلعثم وفشِل فشلًا زريعًا إلى أن وأخيرًا قد نجح وأردف: "


كُنت أظنني بنيتُ حصوني، ولملمتُ شتات عقلي وفكري، إلى..إلى أن حدَثَ ما حَدَث

هُدمت حصوني، وتشتت أفكاري، وفُتك بعقلي؛ حتى بِتُ لا أسطع الحراك، كم كُنتُ أبله، كان يجب أن أضع حصوني تجاه ما يُسمى بالحُب؛ ولكن يتضح أنني نسيتُكِ وأنا أضع حصني أُحبُّكِ،  وأخافُ عليكِ حتىٰ من نفسي، وأخافُ أن تَمِلَّ أو تَكَّلَّ، لقد تعبتي كثيرًا لأجلي، يجب أن أترككِ لأجلكِ وليس لأجلي


ولو الوجع هيكون بسببك، فـ حقيقي يا أهلًا بكل أنواع الوجع

ولو الوجع هيكون بسببك، فـ أنا أتمنى أفضل أتوجع"

لو هتوجع علشانك، فحقيقي برحب بكل أنواع الوجع!

أنا لازم أسيبك علشانك، علشان متدمريش أكتر من كدا

"لتُحاول هي منعه عمّا يدور داخل رأسه قائلةً: "

_جواد إياك بجد إياك تسيبني

"ولكن لم يستمعْ لها فلقد همّ بالرحيل، يذهب أمامها وندائُها عليه يتخذ من أرجاء جميع الأماكن متخذًا، لم يسمع ندائها رغم علوّ صوتها، ظل يذهب ويذهب إلى أن تلاشى تمامًا من أمامها إلى أن صرخت بأعلى ما أوتيت من قوةٍ ودموعها قد سالت على وجنتيها"

جـواد...جـواد متسبنيش، بس أنتَ قولت إنك مش هتسيبني!

"ليفيق هو من الحُلم، ليعود للواقع المرير، محاولة تلو الأخرى إلى أن باتت الأربع دقائق سبع والسبع باتوا عشرًا
توقف قلبه تمامًا"

وها هم الجميع الآن تحت إبصار بعض الحقائق المؤلمة،
الكاسرة،
حقيقةٌ أكلت ونهشت جميع قلوبِ من أحبّوا "جواد" بصدق
قلوب تُنهش،
عقولٌ شُلَّت،
أيادي ترتجف،
دموعٌ حارقةٌ تسيل وتتوسط الأوجنة المشتعلة،
حقيقة مؤلمةٌ،
صرخاتٌ تدوى؛
فلقد فارق "جواد" الحياة تاركًا خلفه كل من أحبوه، تاركًا خلفه حُزن
قلوب الجميع، تاركًا كل شيء خلفهُ

# الفصل الثاني عشر

## "الخاتمة"

مسكين كان يوثقُ كل صغيرةٍ وكبيرةٍ ظنًّا منه أنها ستصبح ذكرىٰ مبهجة يومًا ما


_ يَظن الجميع أنه تركني!
وحيدةً هكذا، بدوٰن أحدٍ،
تُركتْ؛ وتدمرت
لا يعلمون أنه لم يتركني، ها هو بجواري الآن، يقف أمامي، يبتسم لي كعادتهِ


_ كيف لي أن أتترككِ "فمن يسكن الروح كيف القلبُ ينساهُ"


يبدو أنهم قد جُنُّوا كيف لا يرونه؟ ها هو يقف أمامي الآن


لو كُنتَ تعلم مدى حُبّي لكَ لما تركتني ورحلت، لما خذلتني وتركت قلبي الذي هام بك فما هو الأصعب والأقسىٰ من تحرير قلبٍ من نفسٍ آدميةٍ أحبها هو بصدق.

"ثانِ شتاءٍ يجمعهما سويًا؛ ولكن هذا الشتاء هو غير موجود، باتت تُحدِّثُ نفسها قائلةً لما كل هذا الهدوء؟

كم كانت تتمنى أن يضج يومها بمحادثاته، ومناوشاته لها، وضحكاته، ومشاركته كل صغيرةٍ وكبيرةٍ لها، أن تبدأ وتُنهي يومها به تتمنى وتتمنى وليس كل ما تهواه يهواك، تتمنى وتتمنى وليس كل ما تتمناه يُقدَّرُ لكَ.

كانت تُؤمن بـ أن الهوىٰ إذا هوىٰ؛ سيهوىٰ

كانت مقولتُها المُفضلة هي:

أوياليت الهوىٰ يهوىٰ؛ فيُصيبُني من الهوىٰ ما أهوىٰ!

ولكن قد هبّت الرياح، وهوت بما لا تشتهي السفن!


الشعور الذي يجتاحها هو شعورها بأنها قد خُلقت لفقد كل شخص أحبته، وأي شيء قد أحبته...

تجلس هي وحيدةً في شرفةِ منزلهما، فلم يُعلن قلبها لها الطاعة بترك ذلك المنزل وترك ذكرياتهما التي قد فعلاها سويًا في هذا المنزل، تجلس وأمامها كوبان من الشاي الموضوع بهِ بضع وريقات من _النعناع _ فلقد تذكرت أن "جواد" يُحبهُ هكذا

تجلسُ وتنتظر، وكلُ ثانيةٍ تُطالعُ الكرسيَّ الموضوع أمامها؛ تنتظرهُ وتنتظر ظهوره إلىٰ أن حدث وجاء من كانت تنتظرهُ وجلسَ أمامها"

_هــا، مش هتشرب، دا أنا عاملاه علشانك مخصوص

_لأ، مش عايز أشربه، انتِ اللي عاملاه، لو شربته هيخلص وزي ما قولتلك دا هيكون معناه إن كل حاجة هتخلص

"لتُغلف عيناها طبقةٌ زجاجية من الدموع، وها هو ريحُ ديسمبر العليل الذي يُسقع الأجساد
ولكن ماذا عن ثناياها؟ ألا يوجد ما يثلج تلك الجمرة المشتعلة؟"

_تمام يا جواد

"لتمُد يدها وتقوم بمحو تلك الدمعةُ التي قد أعلنت عصيانها، لتردف مرةً أُخرى بتلعثم"

جواد إنتَ...إنتَ....إنت ليه سيبتني ومشيت.

"ليتنهد "جواد" ثم يردف بوضوحٍ ولكنه كان مشاكسًا فأراد أن يتغزل بها ويُردف بفصحةٍ تفنن هو بها مؤخرًا لمعرفتِه المؤخرةِ بحُبها لكافةِ أنواع الغزل الفصيحي: "

_الفكرة كلها إن:

الآمر يُشبه وكأنّ جُنديًا يُطلق بسهامه الحُب خاصتهِ وبدلًا مِن أنْ تُصيب العدو أو المحبوب؛ تُصيبه هو ويظلّ يتأمل نفسهُ وتصعقه ريحُ الحُبِّ طوال حياته، أصابت قلبي الذي أحبكِ وبات يُفتن بكِ كما أحبّ عينيكِ التي إحتلت قلبي، عند نظري اليها،

عَيناكِ كالبحر ولم أسطع أَن أبلغَ سواحِله؛ تُهْتُ بِهِ بعد غرقي بتفاصيل عينيكِ؛ تاهت جميع إتجاهاتي، فهلّ أخبرتي عَينيكِ أنها فتنتني؟

وعندما أردت أن أتيّ إليكِ هاربًا من الغرق؛ أغْرقتني عينيكِ، وهَا أنا هُنا ألملم شَتاتَ عَقلي الذي باتَ لا يسطع التفكير سوى بعينيكِ للمرةِ التي لا أعْرفُ عَدَدها ولكني علىٰ يقينٍ أنها تَجَاوزت المِليون، يَأبى عَقلي الإستيقاظ؛ لقد بات يُفتن بالغَرق!


"لبُكمل بنبرة هادئة:"


أمل أنا ممشتش وسيبتك؛ أنا مكنش ينفع أدمرلك حياتك وأكمل أمل دي إرادة ربنا وكل دا كان مُقدّر ومكتوب، لازم نرضىٰ ونثابر


أنا عارف إن كل دا صعب عليكِ

إفتكري إنك كنتِ حتة السكر اللي حلت ليا كل مرارة أيامي

والأمل!
الأمل اللي اتمسكت بيه طول فترة علاجي
الأمل اللي رجعلي حياتي، ودايمًا كنتِ بتقوليلي طول ما احنا عايشين يبقىٰ لسه في أمل
طول ما فينا الروح والنفس يبقىٰ لسه في أمل
وبصراحة هو مكني فيه لا حياة ولا نفس ولا أمل
هو الفكرة كلها إن كان في وجود لـ أمل!


"لتنهار "أمل" وتبدأ الدموع بالانهمار، دموعٌ قد راكمتها هي من يومِ وفاته، بكاء يتّبعه شهقات عالية، لِيُهيء لها أنه يقوم ويحتضنها"


_ متعيطيش دموعك غالية عليا، عايز أقولك على حاجة " دائمًا ما أتى زماني الذي لا يعرف للطمأنينة أيَّ سبيل، إلى أن أتيتِ أنتِ وحظيتي بلقب "طمأنينةَ العُمر وعُمري المُرهقِ" "


"ليتركها ويتلاشى كعادتِه؛ لتُطلق هي العنان لكل ما يجول بثناياها وبقلبها؛ لتُترجم ذلك زرقاوات مقلتيها على هيئةِ سيلٍ من الدموع مُرافقةٌ للشهقات العالية، عجزت جميع الكلمات عن وصف ما تشعر هي به
تهالكت!

تهالكت كلمةٌ قليلةٌ حتى...

تهالكت ولم تعد تشعر بشيءٍ سوى أنها تحترق شوقًا له، تفتقد روحُها، لقد غادرت روحُها معه، هي ليست على قيد الحياة؛ فهي على قيدهِ تعيشُ فقط...

كان بمثابة إخوة يوسف لها، لم يدر بالثُّقب الذي خلقه بقلبها حين تركها ورحل

وعندما حاول هو تكفير ذنوبه والقدوم إليها بمنامها اليقظِ، يأتي لها بعذرٍ أقبحَ من ذنبه

يحدثها مردفًا أنه قد تركها لأجلها

أجالَ على خاطرهِ يومًا أن يسألها قبل أن يقوم هو بتلك الإجابة المؤلمة،

لتحاول بكل قوتها أن تتحدث ولكن لم تسطع ذلك من فرط ألمها، وبعد عدة محاولات نجحت أخيرًا بذلك لتردف: "

_ربنا يرحمك يا حبيبي يارب.

"لو كُنت أعلم أن هذه هي النهاية، وأقصد بالنهاية هي نهايتي، حسنًا أعترف بأنني كُنت سأخوض البداية حسنًا سأعترف كُنت سأخوضها مرةً أخرى، كُنت سألامس بقدمايَ البداية لِيُحْكَمَ عليّ بدون أيّ قضيةٍ، لم يكتفِ القدر بالحُكم، بل حَكمَ عليّ بالإعدام

لأكون أنا

لأكون مِنْ مَنْ حُكم عليهم بـ الإعدام بدون حُكّم

قدرٌ لعين، يسطوا عليّ دون سابق إنذار، دون سابق تأشير، لأكون

أنا "جواد" صاحب الباركنسون لأُطلق أنا عليه "إعدام بدون حُكم"

وها نحن الآن نضع نقطة النهايةِ، ليس لبدأ فصلٍ جديدٍ بل لإنهاء

ما بدأناه، لإنهاء شخصٍ حُكم عليه بالإعدام دون حُكمٍ، وجَعلِ

شخصٍ آخر يعيشُ على ذاكره؛ ذكرى الشخص الذي قد أحبه

بصدقٍ.


تَمّت بحمد اللَّه

#باركنسون_ -إعدام_بدون_حُكم-_

- 104 -

AF483952